KB046699

웹소설 작가를 위한 장르 가이드 8

라이트 노벨

웹소설 작가를 위한
장르 가이드 ❽

Light Novel
라이트 노벨

전홍식·이도경 지음

북바이북

| 서문 |

이 책은 라이트 노벨에 대한 안내서입니다. 라이트 노벨이 어떤 것이며 어떤 작품인지를 소개하여 라이트 노벨을 이해하게 돕는 책입니다. 웹소설만을 위한, 작가만을 위한 책은 아닙니다. 라이트 노벨의 매력과 재미를 느끼고 창작의 가능성도 넓혀주는 책입니다.

웹소설은 인터넷의 웹페이지를 통하여 대중에게 향유되는 소설을 말하며, 그 근원은 PC 통신 시절 하이텔이나 천리안 같은 통신사의 연재 서비스를 통해서 연재된 통신 소설로 거슬러 올라갈 수 있습니다.

본래 소설은 소설가라는 사람이 써서 출판사에 가져가서 책으로 출판되거나 잡지, 신문에 수록되는 방식으로 소개되었습니다. 책이나 잡지, 신문을 만들려면 돈과 노력이 많이 필요하기 때문에 소수의 '소설가'만이 자신의 소설을

낼 수 있었습니다. 소설가로 인정받기 위해서는 출판사나 편집자, 또는 기자의 눈에 들어야 했고 신인 작가가 탄생하는 건 매우 힘든 일이었죠. 신인이 중요하다는 것을 알고 있는 출판사나 신문, 잡지사에서는 신인공모전이라는 기회를 마련했지만, 그만큼 장벽이 있었습니다. 소설가가 아니면 소설을 쓸 수 없고, 쓰더라도 남에게 보여줄 수 없는 상황에서 작가라는 것은 일종의 계급처럼 여겨진 적도 있었습니다.

하지만 통신 공간이 생겨나면서 상황은 달라졌습니다. 누구나 자신의 이야기를 적어서 많은 사람이 보는 공간에 소개할 수 있게 되었지요. 더 이상 작가와 독자의 구분은 없어졌습니다. 어제까지의 독자가 오늘의 작가가 되고, 작가도 글을 쓰지 않을 때는 또 다른 사람의 독자가 되면서 활동하게 되었습니다. 글을 쓰는 타이밍이나 방식을 개의치 않아도 되고, 장르도 소재도 가릴 필요가 없습니다. 그만큼 자유롭게 다양한 작품을 선보일 수 있게 되었지요.

많은 통신 소설은 한 번에 완성해서 올리지 않고 조금씩 나누어 소개되었습니다. 그리고 독자들은 그때마다 글에 대한 감상이나 의견을 내게 되었지요. 방식은 신문 연재소설과 비슷했지만, 실시간으로 독자의 반응을 보게 되면서 이야기가 달라지기도 했습니다. 인기 있는 소설은 책으로 나왔는데, 편집자의 의견에 맞추어 전반적인 수정이 가해지기도 했습니다.

인터넷의 등장은 통신 소설에도 변화를 가져왔습니다. 웹 화면을 통하여 좀더 미려하고 깨끗하게 볼 수 있게 되었고 스마트폰에 이르러 책을 들고 다니며 보는 것도 상식이 되었지요.

영화나 만화, 애니메이션에 익숙해지면서 삽화만이 아니라, 대사 앞에 인물의 얼굴을 넣어서 누가 말하는지 알려주는, 기존 소설과 다른 표현 방식도 늘어났습니다. 기존의 소설과는 다른 표현 방식도 늘어났습니다. 극소수의 작가들만이 만들던 소설은 통신, 그리고 웹에 이르러 극적인 발전을 거듭하고 있습니다.

누군가는 이야기합니다. 통신 소설, 그리고 웹소설은 수준이 낮다고. 하지만 지금은 고전 명작들인 『셜록 홈즈』나 『삼총사』 같은 작품이 신문에 연재될 때도 똑같은 이야기를 들었죠.

신문, 잡지가 늘어나면서 온갖 작품이 쏟아져나오면서 저질 작품이 양산되었듯이 웹소설에는 수준 이하의 작품이 적지 않습니다. 하지만 동시에 꾸준히 사랑받는 명작도 늘어나고 있습니다. 손쉽게 쓰고 향유되는 만큼 웹소설에는 장르 작품이 많습니다. 캐릭터를 중심으로 펼쳐지는 엔터테인먼트 소설이 넘쳐나죠. 누군가는 이런 작품에 작가주의나 고민이 없다고 비판하지만, 적어도 재미있게 읽히고

많은 이가 찾는다는 것은 부정하지 못합니다. 게다가 그 중에는 독자들과 깊이 있는 감정의 교류를 나누며 감동을 주는 작품도 적지 않지요.

소설, 이야기라는 것이 사람들에게 감동을 주기 위하여 탄생했다는 점에서, 남들이 보고 즐길 수 있도록 만들었다는 점에서 웹소설은 독자와 함께하는 소설의 근본에 더욱 가깝다고도 볼 수 있습니다. 한편 웹소설은 편하게 쓰고 가볍게 읽을 수 있다는 점에서 '라이트 노벨'이라는 용어가 가장 가까운 시스템입니다.

라이트 노벨이 만화, 게임, 애니메이션에 익숙한 팬들을 중심으로 탄생하여 발전했듯이 웹소설도 인터넷과 스마트폰 문화를 향유하는 팬들을 위하여 만들어지고 있습니다. 그만큼 라이트 노벨과 웹소설은 일맥상통하며 특히 웹소설을 중심으로 라이트 노벨이 발전하고 있습니다. 최근 일본에서 화제가 되는 라이트 노벨 상당수는 웹에서 연재하던 작품입니다.

그렇다면 좋은 웹소설, 그중에서도 매력적인 라이트 노벨을 쓰려면 어떻게 하는 게 좋을까요?

이 책은 바로 그러한 목적에 맞추어 만들어졌습니다. 라이트 노벨의 특성이 무엇이며, 어떻게 발전했는지, 라이트 노벨에는 어떠한 내용이 인기를 끌었는지 생각하며 라이트 노벨이 뭔지를 살펴보는 책입니다.

소설을 쓰기 위하여 공부를 할 필요는 없을지도 모릅니다. 특히 웹소설을 위해서는 더더욱 공부 따위는 필요 없을지도 모릅니다. 하지만 무언가에 대해 아는 것은, 그것을 쓰는 데 도움을 주며 더 많은 가능성을 가져오는 것도 사실이죠.

SF나 판타지, 무협이나 미스터리 같은 장르 작품을 쓰기 위하여 이들 작품을 보고 이해하는 게 도움이 되듯 라이트 노벨 역시 이들에 대해 잘 안다면 더 다양하게 만들 수 있을 것입니다. 뭔가를 배우려고 생각할 필요는 없습니다. 그냥 라이트 노벨의 이야기를 보면서 어떤건지 한번쯤 생각하는 기회를 가져주세요. 그리고 라이트 노벨의 매력을 느끼고 즐겨주세요. 그리고 기회가 된다면 여러분이 가진 라이트 노벨에 대한 생각을 정리해서 비교해보세요.

대중문화와 함께 탄생한 라이트 노벨은 매우 폭넓은 장르이며 그만큼 다양한 방향성과 특성, 그리고 정의를 갖고 있습니다. 어떤 하나의 정의가 옳고 그른 것이 아닙니다. 제각기 다르게 생각하며 좋아하는 것을 즐길 수 있습니다. 중요한 건 여러분이 라이트 노벨에 대해 한번쯤 생각해보고 느끼는 것이죠. 단순히 '재미있는 이야기'라거나 '가벼운 소설'이라고 넘어가는 것이 아니라, "라이트 노벨은 이런 게 아닐까?"라고 생각하는 기회를 갖는 것입니다.

아는 자는 좋아하는 자를, 좋아하는 자는 즐기는 자를 이

길 수 없다고 하지만, 좋아하고 즐기려면 그만큼 잘 알아야 합니다. 라이트 노벨을 좋아하고 즐기기 위해, 나아가 라이트 노벨을 만들어내기 위해, 라이트 노벨에 대한 여러분의 생각을 정리해보세요.

이 책이 이를 위한 기회가 될 수 있다면, 그래서 사람들이 라이트 노벨을 더 좋아하게 된다면, 이 책의 작가로서 그 이상 기쁜 것은 없을 것입니다. 더불어 더 많은 이가 라이트 노벨에 대한 이야기를 하고 책을 쓰고, 나아가 더 재미있는 작품들이 쏟아져 나오기를 바랍니다. 라이트 노벨이라는 장르는, 웹소설이라는 매체는 그만큼 자유롭고 넓은 가능성을 갖고 있으니까요.

전홍식

차례

3. 라이트 노벨의 역사

1

라이트 노벨이란 무엇인가?

라이트 노벨이라는 용어

라이트 노벨ライトノベル, light novel은 줄여서 라노베ラノベ, 라이노베ライノベ라고 부르고, 한자로 경소설經小說이라고도 불린다. 이 용어는 1990년대 초 PC통신의 SF 판타지 동호회에서 새로 만들어진 게시판에 담당자인 카미키타 케이타가 '라이트 노벨'이라고 이름 붙인 것에서 시작되었다고 한다.

당시 카미키타는 기존에 사용하던 '쥬브나일juvenile'이나 '영어덜트young adult'라는 용어 대신에 가볍게 읽을 수 있는 작품을 칭하고자 이 이름을 붙였다고 한다. 이 용어는 2004년 일경BP사에서 사실상 최초의 라이트 노벨 안내서 『라이트 노벨 완전 독본』을 거쳐 언론에서도 사용되었고, 대중적인 용어로 정착되었다.

라이트 노벨은 영어 그대로 해석하면 '가벼운 소설'이라는 뜻이며, 그 탓에 부정적으로 보는 시선도 존재한다. 하지만 본래 이 용어는 만화풍의 삽화가 담겨 있고 내용이 빠르게 전개된다는 점에서 '가볍게 읽을 수 있는 작품'이라는 뜻으로 붙인 명칭일 뿐, 작품의 내용이 가볍다는 뜻은 아니다. 내용의 무게에 관계없이 누구나 편하고 재미있게 볼 수 있다는 뜻에서 붙인 이름인 것이다.

그림 1 『라이트 노벨 완전 독본』. 단순히 라이트 노벨을 알리는 것에 그치지 않고, 라이트 노벨이 문단에서 정당한 평가를 받아야 한다고 본격적으로 주장한 책이다.

그럼에도 일부 팬과 작가는 라이트 노벨(가벼운 소설)의 팬이나 작가로 불리는 것에 반감을 보이며, 장르로서의 특성이 드러나지 않는다는 점에서 다른 용어로 불러주기를 바라기도 한다. 자신을 판타지나 SF처럼 다른 장르 작가로 불러주기를 바라는 사람이 적지 않으며, 노지리 호스케나 오가와 잇스이처럼 라이트 노벨 브랜드에서 데뷔했지만 이후 SF 작가(또는 판타지 작가)로서만 활동하는 이들도 있다. '후지미 판타지아 문고'처럼 과거에는 라이트 노벨이 아니라 판타지 소설 항목으로 분류되던 장르 브랜드도 있었다.

이러한 반감이 생긴 배경에는 라이트 노벨이라는 장르가 청소년만 보는 문학성 낮은 작품이라는 인식도 있었겠지만,

동시에 라이트 노벨이 SF나 판타지처럼 명확한 색채를 드러내기 어려운 용어라는 시각도 있었다. 이 때문에 평론가 오쓰카 에이지는 사소설로서의 문학과 차별화하는 가능성으로서 라이트 노벨을 '캐릭터 소설'이라고 명명했으며, 에노모토 아키처럼 '엔타메 소설'(엔터테인먼트 소설, 즉 오락 소설)이라는 용어를 함께 사용하는 사람도 적지 않다.

한편 문학이나 학술 분야에서는 라이트 노벨이라는 말이 별로 사용되지 않고 있다. 실례로 한국의 도서관에서 라이트 노벨은 거의 볼 수 없으며 학술계의 연구도 찾기 어렵다. 일본의 도서관이나 학술계에서는 국제적인 용어로서 '영어덜트' 소설로 분류하고 있다.

이와 같이 용어 자체에 대해서는 논쟁의 여지가 있지만, 일본만이 아니라 한국, 대만, 중국 같은 많은 나라에서 사람들이 이 용어를 기꺼이 사용하고 있으며, 서점에서도 라이트 노벨(라노베)이라는 분류를 볼 수 있는 만큼(영미권의 서점에서는 번역된 라이트 노벨을 영어덜트 분야로 분류한다), 라이트 노벨을 사실상 해당 분야를 부르는 대중적이고 보편적인 용어로서 받아들여도 좋을 것이다.

라이트 노벨의 정의

라이트 노벨은 일본에서 생겨난 소설 분류 중 하나이다. 라이트 노벨은 PC 통신이라는 환경이 낳은 용어이며, 이는 곧 대중 친화적인 성격을 띤다는 점을 반영한다.

라이트 노벨은 일반적으로 표지와 본문에 만화풍의 삽화가 들어가고 주로 청소년층을 위하여 만화적인 표현과 내용을 담은 작품을 가리킨다. 하지만 라이트 노벨이라고 부르는 작품의 소재나 내용은 매우 다양하며 그 크기와 형식 역시 천차만별이므로(심지어 만화 느낌의 삽화가 없는 것도 있다), 이 역시 명확한 정의라고 볼 수 없다.

『라이트 노벨 완전 독본』에는 '표지나 삽화에 애니메이션풍의 일러스트를 많이 사용한 젊은 층을 위한 소설'이라고 정의되어 있으며, 평론가인 에노모토 아키는 '주로 중학생에서 고등학생을 대상으로 읽기 쉽게 쓴 오락 소설'이라고 정의했다. 일본의 대중 문화 사전에 따르면 라이트 노벨이란 '10대에서 20대의 독자를 상정한 오락성 높은 소설로서, 대화문을 많이 사용하는 등 가볍게 읽을 수 있는 내용이 많다'라고 이야기한다.

그 밖에도 여러 가지 정의가 있지만, 공통점은 다음과 같이 정리할 수 있다.

- 10~20대 젊은 층을 대상으로 한다.
- 만화, 애니메이션풍의 표지나 삽화를 사용한다.
- 가볍게 읽을 수 있다.

이러한 정의로 볼 때, 라이트 노벨은 역시 청소년층을 대상으로 하는 서양의 영어덜트 소설과 어느 정도 유사하다는 것을 알 수 있다. 만화, 애니메이션풍의 표지나 삽화라는 점에서 차이가 있지만, 실제로 영어덜트 작품에서도 서양 독자에게 익숙한 그래픽 노블풍 표지나 삽화를 종종 볼 수 있다.

게다가 일본에서 애니메이션풍 삽화는 라이트 노벨이라는 용어가 나오기 한참 전부터 시작되었을 뿐만 아니라[1] 라이트 노벨로 분류하지 않는 많은 장르 소설에서도 찾아볼 수 있는 만큼, 이러한 특성만으로 라이트 노벨을 정의할 수는 없다.

이 때문에 어떤 이들은 라이트 노벨을 '라이트 노벨 브랜드에서 발매되는 작품'이라고 정의하며, 심지어 '작가나 출판사가 라이트 노벨이라고 부르는 것'이라고 정의하기도 한다.

한편 2004년 말부터 매년 나오는 라이트 노벨 안내서 『이 라이트 노벨이 대단해!』에서는 독자적인 정의에 따라, 1970년대 이후에 등장한 SF를 포함한 판타지 장르 전반의 작품을 라이트 노벨로 분류하기도 한다. 이에 따라 정작 라

---

1. 디즈니의 그림 동화나, 그보다 앞선 17~18세기의 초기 판타지 소설에서도 만화풍 삽화나 표지를 볼 수 있으며, 일본에서도 일찍이 『겐지 이야기』 같은 고전의 삽화본이 등장했다.

이트 노벨이라는 말을 듣지도 못한 작가가 라이트 노벨 작가로 분류되고 그 작품 중 일부가 라이트 노벨로 나오는 사례도 적지 않다.

이 같은 상황은 해당 작품이 한국 등 외국에 번역 출간되거나 재판되면 더 복잡해진다. 만화풍 표지이긴 하지만, SF 작품에 주어지는 성운상을 수상한 『성계의 문장』은 한국에서 대원씨아이의 'NT노벨'에서 출간되어 라이트 노벨로 분류되었다.[2] 또 일본의 3세대 SF 작가의 대표 주자인 칸바야시 쵸헤이의 하드 SF 『전투요정 유키카제』도 애니메이션으로 제작되고 한국에선 대원씨아이에서 출간되어 라이트 노벨이라고 인식하는 사람이 많다.

노지리 호스케의 『로켓걸』 시리즈는 본래 라이트 노벨 브랜드인 후지미 판타지아 문고에서 나오고 애니메이션도 나와서 라이트 노벨로 분류되지만, SF 출판사인 하야카와 문고에서 재간되기도 했다.

이러한 상황에서 대상이나 형식 그리고 출간되는 브랜드 등을 통해서 라이트 노벨을 분류하여 나누는 것은 사실상 불가능하다. 사람마다, 안내서마다 라이트 노벨을 분류하는 기준이 다르며, 한때는 일반 장르 소설이었던 것이 나중에는 라이트 노벨이 되거나 그 반대인 경우도 있기 때문이다.

소재나 내용 면에서 라이트 노벨을 구분하는 것도 어렵

---

2. 일본에서도 라이트 노벨로 부르는 사람과 그렇지 않은 사람이 있다.

다. 라이트 노벨은 그야말로 장르를 가리지 않고 다양한 소재와 내용을 다루기 때문이다. 앞서 소개했듯 SF 상을 받은 작품 여러 편이 라이트 노벨로 묶이고, 추리나 호러, 판타지, 로맨스 등 다양한 양상의 작품도 라이트 노벨로 분류된다. 근래에는 연애 요소와 선정적인 내용이 많아서 '청소년을 위한 포르노 작품'이라고 부르는 이들도 있지만, 이 역시 일부 작품의 경향에 지나지 않는다. 물론 이러한 장르적 특성이 이리저리 뒤섞이는 경우도 적지 않다.

그렇다면 라이트 노벨은 왜 이렇게 명확하게 구분할 수 없는 기묘한 존재가 된 것일까?

그것은 라이트 노벨이라는 장르가 기존의 장르 소설과는 다른 형태로 탄생하여 발전했기 때문이다.

라이트 노벨의 탄생

라이트 노벨이라는 용어는 1990년대 초반에 탄생했지만, 이른바 '라이트 노벨 작품'이라는 형태는 그보다 훨씬 앞서 시작되었다. 본래 라이트 노벨이라는 말 자체가 당시 SF 팬들 사이에서 인기를 끌었지만 〈SF 매거진〉 같은 SF 잡지에서는 받아주지 않던(대개 성운상이나 일본 SF 대상의 후보도 될 수 없던) 소노라마, 코발트, 가도카와 스니커 문고 같은 데서 출간된 작품들을 칭하고 논하는 과정에서 나온 말이기 때문이다.

라이트 노벨 스타일의 작품은 매우 일찍부터 시작되었지만, 현재와 같은 라이트 노벨 형식의 원점은 1971년 〈S-F 매거진〉에 연재된 『신환마대전』이라고 한다. 이 작품은 만화가인 이시노모리 쇼타로와 소설가인 히라이 카즈마사가 공동 기획하여 만든 것이다. 당시 잡지에서 만화와 소설이 동시 연재되는 이색적인 형태로 연재, 만화와 소설의 융합이란 수법을 처음 사용하여 '극화 노벨'이라고 불리던 이 작품은 훗날 라이트 노벨에 영향을 주었다.

그림 2 히라이 카즈마사의 소설판 『신환마대전』. 만화와 소설을 융합해 사용함으로써 훗날 라이트 노벨에 영향을 주었다.

라이트 노벨 스타일의 기원에 대해서는 그 밖에도 여러 가지 설이 있으며, 심지어 1940년대 이전에 시작되었다는 주장도 있지만 『신환마대전』을 비롯하여 1970년대의 여러 작품이 서로 영향을 주면서 탄생했다고 보는 것이 자연스럽다.

1974년, 일본과 미국에서 훗날 오타쿠 문화(마니아 문화)의 기점이라고 할 만한 사건이 각각 일어났다. 미국에선 『반지의 제왕』을 비롯한 여러 판타지, SF 작품과 전쟁 게임의 영향을 받아 탄생한 최초의 TRPG tabletop role-playing game 〈던전 앤 드래곤〉을 시작으로 게임 플레이가 대중적으로 이루어지면서 이를 바탕으로 한 소설들이 등장하기 시작했다. 이 소설

들은 10~20대가 중심인 TRPG 팬을 위한 작품인 만큼 게임만이 아니라 드라마, 영화의 영향도 받아서 쉽게 읽을 수 있는 내용과 구성이었고, 쥬브나일(영어덜트)의 탄생에 영향을 주었다.

일본에서는 이제까지 아동을 주 대상으로 했던 애니메이션과는 차별된 모습으로 청소년층 및 성년층이 열광한 작품 〈우주전함 야마토〉가 방송되었다. 비록 〈우주전함 야마토〉는 당시 대중적으로 인기를 끈 〈알프스의 소녀 하이디〉에 밀려 별로 눈에 띄지 않았지만, 중고생을 중심으로 대학생이나 성년층에 이르기까지 넓은 연령대의 관심을 끌며 재방송과 극장판 제작으로 이어지는 성공을 거두었다.

〈우주전함 야마토〉는 애니메이션 제작에 SF 소설가와 만화가가 참여한 프로젝트로서 TV 방송과 함께 만화 연재가 시작되었고, 소설판(1975년 소노라마 문고의 첫 번째 작품으로 출간되어 호평을 받았다)도 나오는 등 성공적인 원소스 멀티유스(미디어 믹스)의 초기 사례로 꼽힌다. 그 밖에도 1970년대에서 1980년대까지 다카치호 하루카 원작의 『크러셔 조』 시리즈나 키쿠치 히데유키의 『뱀파이어 헌터 D』 같은 스페이스 오페라 성격을 띤 작품들이 미디어 믹스로 꾸준히 발표되면서 기존과는 다른 SF 팬을 낳았다. 이 같은 스페이스 오페라 붐 속에서 진정한 의미에서의 오타쿠 문화를 낳은 작품이 탄생했다.

1970년대 중반, 애니메이션 제작자인 토미노 요시유키는 새로운 TV 애니메이션 〈기동전사 건담〉을 기획하는 한편, 이 기획에 맞춘 소설을 집필하여 〈S-F 매거진〉에 가져갔다. 〈S-F 매거진〉에서는 "로봇이 나오면 SF가 될 수 없다"라면서 받아주지 않았다. 결국 토미노는 건담의 일러스트를 맡은 야스히코 요시카즈를 통해 소개받은 SF 작가 다카치호 하루카의 의견으로 소노라마에 가져가 출간하기로 했다.

소노라마에서는 토미노의 소설이 지나치게 길기 때문에 1권으로 재편집해주기를 바랐고, 편집자의 의견에 따라 전반부만을 묶어서 1권으로 출간했다. 하지만 이 작품이 예상외의 성공을 거두자 출판사에서는 후속편을 요청했고, 결국 총 3권으로 완성되었다.[3]

토미노 요시유키의 소설 『기동전사 건담』은 훗날 오타쿠 문화의 탄생에 가장 큰 영향을 미친 애니메이션의 소설판으로 인기를 끌었다. 하지만 〈S-F 매거진〉의 반응에서 보듯, 이 같은 작품은 당시 주류 SF 팬에게는 'SF가 아니다'라는 평가를 받았다.

그럼에도 이러한 작품은 〈우주전함 야마토〉나 〈기동전사 건담〉을 통해 SF를 접하기 시작한 새로운 팬들에게는 매우

---

3. 이 작품들은 토미노 요시유키의 소설 데뷔작으로 애니메이션판의 스토리와는 많은 차이가 있다. 훗날 토미노는 소설을 굉장히 힘들게 쓴 경험이 있기 때문에 '라이트 노벨'이라는 말에 화가 난다고 이야기했다.

친숙하고 인기 있는 것이었기 때문에, SF 팬들 사이에서 대중화되어갔다.

그림 3 소설 『기동전사 건담』. 토미노 요시유키가 창조한 건담은 라이트 노벨 문화에 큰 영향을 주었다.

비슷한 시기, 미국에서 탄생한 TRPG 〈던전 앤 드래곤〉과 이를 바탕으로 만들어진 〈울티마〉 〈위저드리〉 같은 게임이 일본에 유입되어 〈드래곤 퀘스트〉나 〈파이널 판타지〉 같은 게임에 영감을 주었다. 미국에서 TRPG를 바탕으로 소설이 등장하고 이것이 영어덜트 시장에 영향을 주었듯이, 일본에서도 TRPG와 게임에 영향을 받은 소설들이 탄생한다.

당시 TRPG는 1980년대 초반에 탄생한 〈로그인〉 〈콤프티크〉 등의 컴퓨터·게임 잡지를 중심으로 주로 게임 평론가, 게임 시나리오 작가들이 소개했다. 초기에는 외국 자료의 번역에 치우쳤지만, 점차 일본 내의 창작 작품이 소개되었고, TRPG의 게임 플레이가 연재되면서 훗날 『로도스도 전기』처럼 게임을 바탕으로 한 소설이 탄생하여 라이트 노벨의 한 축을 차지한다.

이처럼 라이트 노벨은 만화, 애니메이션, 게임 같은 다양한 미디어 매체와 연계된 소설로서 시작되었고 성장하여 현재에 이르게 된다.

라이트 노벨의 특성

라이트 노벨은 앞서 탄생 과정에서 살펴보았듯 1970~1980년대 일본의 만화, 애니메이션, 게임 문화의 성장과 함께 탄생한 미디어 연계형의 소설 체제이다.

일반적으로 소설이 작가 한 사람의 창작에 의해서 만들어지는 것과 달리 라이트 노벨은 일본의 만화 시스템과 마찬가지로 편집자와 작가의 협력에 의해 탄생하며, 그만큼 대중의 요구에 더 충실한 상업적인 작품으로 완성된다.

애니메이션이나 게임을 기반으로 한 라이트 노벨의 경우, 글솜씨도 당연히 중요하지만 편집자가 해당 작품에 대해 풍부한 지식을 갖고 있는 작가를 선정하여 맡기는 형태로 진행되는 경우가 많다. 여기에 작품의 세계관과 캐릭터를 이해하기 쉽도록 어울리는 삽화가를 선정해서 구성한다.

1980년대 판타지, 쥬브나일 붐에 힘입어 탄생한 가도카와 스니커 문고 같은 브랜드에서 게임 기획자 혹은 시나리오 작가 출신인 미즈노 료나 야마모토 히로시 등을 기용한 것은 게임 분야에서 그들의 지명도가 있기 때문이기도 했지만, 그들이 독자들이 바라는 내용을 잘 쓸 수 있는 역량이 있었기 때문이다. 초창기 라이트 노벨 작가는 전문 작가보다는 신인 그리고 소설 외 분야에서 활동하던 이들의 비중이 높았다.

오쓰카 에이지는 가도카와 스니커 문고 같은 라이트 노벨

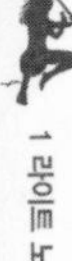

을 캐릭터 상품이라고 불렀으며, 작가이자 편집자인 이도경은 만화 소설이라고 했는데, 이러한 명명은 모두 라이트 노벨이 기존의 소설 창작 방식보다는 만화 창작 방식에 가깝게 탄생했음을 가리킨다.

라이트 노벨이 편집자의 의도에 따라 탄생함으로써, 라이트 노벨은 처음부터 각각의 브랜드에 따른 개성을 갖게 되었다. 일본의 만화 잡지 〈주간 소년 점프〉가 '우정, 승리, 노력'이라는 모토를 내세우듯, 가도카와 스니커 문고 이후의 여러 라이트 노벨 브랜드는 제각기 방향성을 갖고 그에 어울리는 작가를 찾거나 신인을 뽑는 방식으로 진행되었다. 실례로 라이트 노벨의 확산에 큰 영향을 준 작품 『슬레이어즈』의 작가 칸자카 하지메는 본래 SF를 창작할 생각이었지만, 그가 활동하던 후지미 판타지아 문고에 맞추어 판타지 성향의 작품을 쓰기 시작했다.

동시에 라이트 노벨은 다양한 만화와 게임을 즐기는 독자에 맞추어 특정한 장르 색채를 내세우기보다는 캐릭터와 이를 중심으로 한 이야기에 맞추어 여러 소재를 뒤섞는 형태로 전개되었다. 고정된 형태보다는 항상 새로운 스타일이 도입되는 경향, SF나 판타지 같은 장르 소설의 특성을 강조하기보다는 이 장르들의 색채를 양념처럼 사용하는 특성을 보인다.

1988년 만화, 애니메이션 등의 사업으로 매년 수천억

엔의 수입을 자랑했던 거대 문화 그룹, 가도카와 산하의 후지미 쇼보에서 선보인 〈드래곤 매거진〉은 그러한 특성을 잘 보여주었다. 당시 인기 높은 아이돌 가수 아사카 유이가 마법사 비슷한 분장에 용 인형을 든 표지에 '이야기는 새로운 차원으로'라는 문구를 내걸고 시작한 이 잡지는『바람의 대륙』같은 판타지 작품이 중심이었다. 하지만『기신환상 룬마스커』처럼 판타지에 거대 메카를 등장시킨 작품이나 심지어 형사물까지 다양한 내용의 작품이 담겨 있었다(초기엔 아이돌 관련 기사도 많았다).

그림 4 후지미 판타지아 문고와 함께 시작된 후지미 쇼보의 잡지 〈드래곤 매거진〉. SF 작품도 있었지만 판타지에 중심을 두고 있으며, 현재도 그 특성이 이어지고 있다.

라이트 노벨이 캐릭터를 팔아먹는 상품으로 제작되었다는 오쓰카 에이지의 주장엔 논쟁의 여지가 있다. 라이트 노벨의 성공에 캐릭터가 중요한 것은 사실이지만, 캐릭터만으로 라이트 노벨이 성립하는 것은 아니기 때문이다. 하지만 라이트 노벨이 사실상 상품성을 목적으로 철저한 상업주의를 추구한다는 점은 틀림없다. 이에 따라 라이트 노벨은 만화, 애니메이션, 게임과의 연계가 다양하게 전개된다.

라이트 노벨의 또 다른 특성은 만화나 게임처럼 캐릭터

가 강조되고, 그 캐릭터를 기반으로 지속적인 창작이 이루어진다는 점이다. 일반적으로 라이트 노벨은 미국의 영어덜트 작품과 마찬가지로 한 권 한 권이 독립적인 작품으로 만들어지는데(이는 토미노 요시유키가 소설 『기동전사 건담』을 쓸 때 편집자가 요구한 내용이기도 하다) 해당 내용이 재미있고 캐릭터가 인기를 끌면 이후 속편이 만들어지는 형태로 다시 창작된다.

『슬레이어즈』가 한 편 한 편 내용이 종결되는 단편 형식으로 시작했고, 장편 시리즈의 1권에서 사실상 최종 보스라고 할 수 있는 붉은 눈의 마왕을 물리치는 이야기로 막을 내린 것도 바로 그 때문이다. 캐릭터는 이야기를 통해서 묘사되는데, 한 편이나 한 권에서 이야기를 마감함으로써 여러 권의 작품을 보지 않고도 캐릭터의 활약을 충분히 볼 수 있고, 그만큼 하나의 모험을 마쳤다는 만족감을 더할 수 있다.

라이트 노벨 시장이 확산되고 안정된 현재는 처음부터 여러 권의 장편 연재를 기획하는 사례도 적지 않지만, 일반적으로 영어덜트나 미국 드라마(또는 TV 애니메이션)처럼 한 권(한 편) 안에 기승전결 구조를 갖추어 하나하나의 이야기를 완결하면서 캐릭터의 매력을 부각하는 라이트 노벨의 특성이 그대로 유지되는 편이다.

상업적인 목적이 큰 만큼 장편으로 기획하더라도 인기를 끌지 못하면 연재만화처럼 중단되는 사례도 많으며, 반대로 다른 작가에 의해 해당 캐릭터나 세계관을 활용한 외전 작품이 나오거나 작품의 속편, 리부트 작품 등이 나오는 사례도 꽤 많다.

그림 5 토미노 요시유키의 소설 팬으로서 그의 스타일로 계승하고자 노력한 후쿠이 하루토시가 창작한 '기동전사 건담 UC' 시리즈. 일본의 미디어와 라이트 노벨 창작 시스템의 특성을 잘 보여준다.

이처럼 세계 속에서 캐릭터가 부각되면서 이른바 '모에'[4]라는 속성을 갖는 작품들이 생겨났다. 모든 작품에 모에가 적용되는 것은 아니지만, 특히 근래의 많은 작품은 모에를 강조하며 부각한다.

이를 기반으로 살펴본 라이트 노벨의 일반적인 특성은 다음과 같다.[5]

- 상업적 목적을 바탕으로 편집자와 작가의 연계에 의해서 만들어진다.
- 만화, 애니메이션, 게임 같은 미디어의 영향을 받아 가상 세계에서 활약하는 캐릭터의 이야기를 그려낸다.

---

4. 일본어로 '싹트다'라는 뜻으로, 주로 만화, 애니메이션, 게임 등의 캐릭터에 대한 애정의 표현으로 주로 사용한다. 본래 '귀엽다'라는 느낌으로 시작되었지만, 현재는 취향과 관련하여 자신이 푹 빠져 있는 대상에 대해 '모에'라는 말을 널리 사용한다. 라이트 노벨에서는 일반적으로 귀엽고 매력적인 캐릭터에 대해서 사용한다.

5. 이는 미디어 기획 시스템이 갖추어진 일본의 사례로서, 한국이나 대만 등에서는 라이트 노벨이 만화, 애니메이션, 게임으로 연계되어 제작되는 사례를 찾기 어렵다.

- 캐릭터와 세계관을 명확하게 보여주고자 만화, 애니메이션풍 삽화를 사용한다.[6]
- 한 편, 또는 한 권의 단락에서 하나의 짧은 이야기를 마침으로써 기승전결의 완성된 이야기 속에서 캐릭터의 매력을 부각한다.
- 과학적 상상력이나 환상 세계의 요소를 중시하는 SF나 판타지 장르 자체에 충실하기보다는 캐릭터와 설정을 보여주기 위한 장치로써 SF, 판타지, 호러 같은 요소를 양념으로 사용한다.
- 캐릭터와 작품이 작가 개인의 창작이자 소유물이라기보다는 종합 미디어를 위해 기획된 팀이나 회사의 창작 형태인 사례가 많다.
- 만화, 애니메이션, 게임 같은 다른 미디어 작품의 노벨라이즈(소설화) 작품이 많으며, 다른 작가의 소설이나 회사의 작품을 바탕으로 한 외전 시리즈가 많다.

즉 라이트 노벨은 오랜 시간 성장한 일본의 만화, 애니메이션, 게임 같은 미디어 산업의 시스템 속에서 비교적 편하게 다양한 이야기를 창조하고 소비하려는 욕구가 만들어낸 산물이다. 지나친 상업성을 추구한 나머지 개인이 창작한

---

6. 아마노 요시타카가 삽화를 그린 『아르슬란 전기』처럼 만화, 애니메이션풍이 아닌 소설풍 삽화를 사용한 사례도 있다.

소설로서의 매력이 떨어지는 사례도 없지는 않지만, 쉽게 창작되고 쉽게 소비되는 특성 덕분에 꾸준히 새로운 작가들이 발굴되고 성장하고 있으며, 다양한 작품이 나와 장르 문화를 풍성하게 만들어주고 있다.

여기서 가장 중요한 점은, 라이트 노벨이란 하나의 이야기로서 소설을 완성하는 것에 그치지 않고, 캐릭터를 만들어내고 그 캐릭터가 매력적으로 활동할 수 있는 장소를 제공하는 작품이라는 점이다. 마치 롤플레잉 게임을 진행하듯, 가공의 창조된 세계에서 그에 어울리는 캐릭터를 등장시키고 캐릭터의 이야기를 펼쳐낸다.

한번 만들어진 캐릭터는 친숙한 존재가 되기 때문에 속편이 나오더라도 따로 설명할 필요가 없으며 그만큼 쉽게 이야기를 만들 수 있고 쉽게 읽힌다. 많은 라이트 노벨에서는 만화처럼 '전형적인' 캐릭터가 등장한다. 새로운 작품이 나올 때마다 '〈에반게리온〉의 레이 같은'이라든가 '〈오! 나의 여신님〉의 베르단디' 식으로 수식되는 캐릭터를 보게 된다. 일찍이 만화에서 시작한 캐릭터 패턴은 만화에 익숙한 독자들이 라이트 노벨을 친숙하게 느끼게 해주고 새로운 작품이 시장에 쉽게 안착될 수 있게 하는 역할을 한다.[7]

라이트 노벨에서 드러나는 이러한 경향은 TRPG의 소설

---

7. 만화에서 시작되어 라이트 노벨에 활용되는 캐릭터의 패턴만으로도 상당한 숫자에 이르며 일본에는 이것만을 정리한 책도 나와 있다.

화로 시작되었던 미국의 영어덜트 시장이나 프랜차이즈 소설 경향과도 유사한 점이 많다. '스타워즈' 시리즈를 소재로 삼는 외전 소설은 삽화 대신 영화 캐릭터를 그대로 활용한 표지를 사용하는데, 이것은 이 소설들 역시 라이트 노벨처럼 프랜차이즈 상품의 일종임을 보여준다.[8]

라이트 노벨은 (물론 미국의 영어덜트 소설도) 상품의 일종이며, 게임처럼 소설을 통해서 창조한 세계를 그려내어 완성하는 작품이다. 〈아이언맨〉 같은 마블 영화처럼 하나의 거대한 세계관을 그려내고 그 안에서 매력적인 캐릭터를 보여주는 가공의 현실이다.

훌륭한 라이트 노벨은 게임 〈월드 오브 워크래프트〉나 '마블 시네마틱 유니버스' 같은 작품이다. 롤플레잉 게임처럼 가공의 세계에서 매력적인 캐릭터의 이야기를 그려낸다. 마블 영화들이 거대한 세계를 그려내면서도 한 편 한 편을 확실하게 마감하며 즐겁게 만들 듯, 라이트 노벨 작품들도 한 편, 한 권의 이야기에서 캐릭터의 매력을 그려내는 동시에 세계의 모습을 조금씩 보여준다.

하나의 이야기를 통해서 그 세계에 빠져들게 할 수 있다면, 캐릭터의 이야기를 궁금하게 할 수 있다면, 그 이야기가

---

8. 실제로 많은 라이트 노벨은 한두 명의 캐릭터보다는 그 캐릭터들이 활약하는 세계 자체를 표현하는 데 초점을 맞춘다. 그런 점에서 라이트 노벨을 캐릭터 소설보다는 세계관을 상품화하는 프랜차이즈 소설이라고 부를 수도 있다.

SF를 기반으로 하건, 판타지를 기반으로 하건, 또는 부조리극이 되건 상관없다. 문제는 이야기로 얼마나 캐릭터를 충분히 매력적으로 보여주고, 그 세계에 자연스럽게 녹여내는가일 뿐이다.

지극히 상업적이지만, 동시에 매력적인 세계를 무대로 매력적인 캐릭터가 활동하는 이야기. 그것이 바로 라이트 노벨이라는 작품 세계가 갖는 가장 중요한 특성일 것이다.

라이트 노벨과 삽화

라이트 노벨은 애니메이션풍의 삽화가 특징이지만 삽화가 처음부터 들어간 것은 아니었다. 본래 삽화는 일찍이 유럽에서 신문 소설이 연재되던 당시부터 시작되었다. 『삼총사』나 '셜록 홈즈' 시리즈처럼 가공의 세계와 캐릭터를 주역으로 한 이야기를 만들어낸 작가와 편집자가 그 세계와 캐릭터를 독자들이 쉽게 느낄 수 있도록 삽화를 넣은 것이다.

이는 일본에서도 마찬가지였다. 일찍이 일본에서는 판화의 발달과 함께 우키요에라는 풍속화가 등장하였고, 이것이 만화라는 장르로 발전하는 한편, 소설의 삽화로도 발전했다.

본래 소설에는 극화풍의 사실적인 그림이 들어갔지만, 『신환마대전』을 거쳐 『크러셔 조』 시리즈에 이르며 애니메이션풍의 삽화가 사용되기에 이른다. 만화가이자 애니메이션 〈기동전사 건담〉의 캐릭터 원화를 맡은 야스히코 요시카즈가 그린 『크러셔 조』 시리즈의 삽화는 기존의 극화풍에 가까운 사실적인 느낌을 갖는 동시에 애니메이션 같은 구도와 연출을 통해서 만화에 익숙한 팬들에게 친근감을 주었다.

하지만 『크러셔 조』 시리즈의 삽화는 애니메이션풍의 그림이긴 했으나 애니메이션처럼 색이 칠해진 것은 아니었다. 애니메이션풍의

셀화에 가까운 채색을 입힌 현대의 라이트 노벨식 삽화는 『슬레이어즈』에 이르러 본격적으로 등장했으며, 이후 많은 작품이 이를 답습하며 애니메이션 원화나 셀화(애니메이션에서 투명한 셀에 그려서 채색한 동화용 그림)를 그대로 옮긴 느낌의 삽화가 대세가 되었다.

2

라이트 노벨의 계보

라이트 노벨은 만화의 영향을 받아서 탄생한 상업적인 장르로서 특정 소재나 방향성에 구애받지 않고 다양한 형태로 창작된다. SF나 판타지, 무협, 로맨스, 호러처럼 다양한 소재가 녹아 있으며, 무대도 현대만이 아니라 과거, 미래, 이세계, 평행 세계나 기묘한 환상계에 이르기까지 다양한 형태가 존재한다.

이는 라이트 노벨이 대중과 함께 호흡하며 발전해왔기 때문이다. 시대를 거듭할수록 다양한 색채, 다양한 스타일의 작품이 창조되고 여러 장르의 요소를 녹여서 새로운 모습을 그려낸다. 그런 만큼 라이트 노벨을 여느 장르처럼 구분하여 정리할 수는 없다. 사람마다 라이트 노벨의 스타일을 다르게 나누지만, 여기서는 기존의 창작 경향을 나누어보고자 이야기 스타일에 초점을 맞추어 정리했다. 라이트 노벨의 이야기 스타일은 한 가지로 정의할 수 없는 만큼 아래의 한 가지에 국한되지 않지만, 여기서 소개한 대표적인 창작 경향을 통해 새로운 가능성을 찾을 수 있기를 기대한다.

이세계 이야기

이세계(다른 세계) 이야기란, 우리의 현실 세계가 아니라 작가에 의해서 창작된 가공의 세계를 무대로 한 작품을 가리킨다. 판타지 장르로는 하이 판타지[1]에 속하지만, 라이트 노벨에서는 딱히 판타지와 SF를 구분하지 않고 현실과 다르게 창작된 세계관을 무대로 한 작품 모두를 가리킨다. 『로도스도 전기』 같은 중세 유럽 판타지나 『십이국기』 같은 중국풍 판타지 세계만이 아니라, 『더티 페어』 『크러셔 조』 시리즈처럼 우주를 무대로 한 이야기나 『강각의 레기오스』처럼 미래풍 세계를 무대로 한 작품도 이세계 이야기로 분류할 수 있다.

일반적으로 하이 판타지는 그 세계의 운명과 문제에 초점을 맞추어 이야기를 진행하지만, 라이트 노벨에서는 주인공과 그 세계와의 관계에 중점을 두어 분류하고 이야기를 펼쳐내는 경향이 있다. 이세계를 무대로 한 대표적인 이야기들에는 다음과 같은 것이 있다.

---

1. 현실과는 다른 가상의 세계를 만들어서 이야기를 펼쳐내는 판타지를 말한다. 『반지의 제왕』 같은 작품이 대표적이다.

이세계 영웅담

다른 세계에서 펼쳐지는 거대한 사건을 무대로 주인공(일행)의 활약상을 그려낸 이야기 방식이다.

이세계 영웅담은 주인공의 영웅적인 활약상으로 세상이 변화하는 과정을 그려내기 위해서 필연적으로 혼란하고 위기에 빠진 세계, 일반적으로 전쟁을 무대로 한 작품이 많다. 『아르슬란 전기』처럼 첫머리부터 전쟁의 시작을 그려내는 작품이 대표적이다. 혼란한 세계를 쉽게 그려내기 위해 판타지 세계를 무대로 한 작품이 많고, 『은하영웅전설』처럼 우주를 무대로 한 사례도 적지 않다.

이세계 영웅담은 한 개인이 아니라 세계를 아우르는 큰 사건의 상황이 어떻게 진행되는지에 초점을 맞추어 주인공과 일행이 영웅이 되어가는 과정을 그려내기 때문에 '전쟁기' 형태를 취하는 사례가 많다. 한 명의 인물에게 초점을 맞추기보다는 여러 인물을 동시에 그려내기 위하여 보통 전지적 작가 시점으로 이야기를 풀어내는 작품이 대부분이며, 특별히 한 명을 주인공으로 내세우지 않고 여러 세력의 여러 인물을 고르게 보여준다.

한 명을 주인공으로 내세우는 경우 주인공의 상대가 훨씬 강대한 세력으로 그려지고, 주인공은 동료들과 협력하고 기지로 위기를 극복하며 성장하는 전형적인 영웅 성장 이야기로 그려지는 것이 보통이다. 본래는 절대로 성공할 수 없는 계급이나 신분의 사람이지만 전쟁이라는 무대 속에서 기회를 얻어서 급성장하는 경우로서, 때로 주인공은 다른 세계 출신으로서 특수한 능력을 보여준다. 대개 무력이 아니라 책략이나 기지로 극복하는 모습이 많고, 자신이 직접 활약하지 않고 제갈량 같은 군사의 도움을 빌리는 장면이 종종 등장한다.

그림 6 『마법전사 리우이』. 이 작품은 『로도스도 전기』와 세계관을 공유하면서도 차별된 내용을 보여주었다.

이세계 영웅담은 매우 전형적인 내용으로 인식되기에, 기존과는 차별된 캐릭터와 상황을 보여주려는 경향이 있다. 『로도스도 전기』의 미즈노 료가 쓴 『마법전사 리우이』는 그러한 작품 중 하나로, 우락부락한 근육질 마법사를 주역으로 등장시키고 이런 작품에 전형적인 하렘형 파티[2]를 패러디하여 눈길을 끌었다.

이세계 영웅물에서는 주인공이 선역이 아니라 악역으로서 패자로 군림하는 이야기도 종종 볼 수 있다. 속칭 '마왕물'로서 '마왕이 사실은 좋은 놈'이라는 구성이 일반적이었지만, 근래에는 약간의 인간성은 있을지라도 오직 자신의

2. 남성 주인공 하나에 여러 여성 캐릭터, 또는 그 반대로 구성된 파티를 말한다.

이세계 영웅담의 여러 사례

- 진정한 용사를 찾아 나선 소녀. 하지만 겨우 찾아낸 용사는 덜떨어진 존재였는데…. 실망한 소녀. 그러나 함께 모험하는 사이 조금씩 그 진가를 깨닫게 된다.
- 쇠퇴하는 세계를 구하고자 떠나는 소녀. 그리고 소녀를 수호하는 소년. 소녀는 세상을 위해 몸을 던진다.
- 외딴 마을에 바위 속에 잠든 거신의 전설이 전해지고 있었다. 악당에게 쫓긴 소년과 소녀는 동굴 속에서 우연히 거신을 발견하고 악에 맞서는데….

욕망만을 목적으로 파괴와 살육을 자행하는 주역의 이야기가 눈에 띈다.

이세계 영웅담은 다른 세계를 무대로 자유롭게 활약하는 이야기이기 때문에 내용도 매우 다채롭다. 전통적인 영웅 이야기라서 식상하다는 이들이 많지만, 과거부터 현재까지 꾸준히 창작되며 인기를 끄는 작품 형태이다.

이세계 여행기

다른 세계를 돌아다니면서 여러 사건에 끊임없이 마주치는 이야기 방식이다. 영웅의 여정과 달리 특정한 목적을 두지 않고 유람 여행하듯 돌아다니면서 세계의 다양한 모습을 마주하는 구성을 취하고 있다. 이따금 목적(이를테면 자신을 찾는 여행)을 갖고 여행하기도 하지만, 그 목적 자체보다는 여행 과정에 초점을 맞추어서 이야기가 전개된다. 주인공 캐릭터가 특이한 세계를 돌아다닌다는 점에서 라이트 노벨의 본질에 가까운 형태이다.

그림 7 오토바이를 타고 독특한 세계를 여행하는 이야기 『키노의 여행』

『슬레이어즈』도 이 중 하나이지만, 본편보다는 단편 외전 시리즈인 『슬레이어즈 스페셜』(『슬레이어즈 스매시』) 쪽이 이세계 여행기에 더 가깝다. 친숙한 주인공이 기묘한 상황에 마주하여 보여주는 반응을 통해서 이세계의 독특한 점을 바라보고 느끼게 한다. 『키노의 여행』처럼 여행지마다 특이한 풍습이나 상황이 준비되어 있고, 이들을 관찰하거나 때로는 사건을 해결하면서 이야기가 진행된다.

이세계 여행기는 주인공의 시점에서 세상을 바라보는 형태를 취하기 때문에, 일인칭 주인공, 또는 일인칭 관찰자 시점에서 이야기를 전개하는 경우가 많다. 그럼에도 주인공 자신을 바라보지 않고 외부를 보는 데만 집중한다.

이세계 여행기는 매번 새로운 아이디어로 독자에게 궁금증을 전해주고 사건을 엮어내야 하기 때문에 장시간 창작하기는 쉽지 않다. 하지만 하나하나가 독립된 이야기이기 때문에 중간부터도 쉽게 볼 수 있으며, 처음부터 빼놓지 않고 읽어야 한다는 부담이 없다. 게다가 보통 사람은 평생 한 번 마주할까 말까 한 기묘하고 이상한 상황이 매회마다 등장하더라도 어색하지 않다는 것도 장점이다. 아이디어만 있다면(물론 인기가 떨어지지 않는다면) 계속 지속할 수 있는 구조로서, 『슬레이어즈』 외전이 20년 이상 잡지 연재를 지속할 수 있었던 것도 그러한 이유 덕분이다.

이처럼 오랫동안 지속되는 이세계 여행기를 만들고 싶다면, 하나의 세계를 무대로 여기저기 다닌다는 느낌보다는 만화 『은하철도 999』나 『원피스』처럼 완전히 독립된 별이나 섬을 떠돈다는 느낌으로 만들면 편하다[3]. 문화, 기술적으로 비슷한 면도 있겠지만 각 지역에는 독자적인 문화와 양식이 있으며, 때로는 종족이나 생활양식이 완전히 다를 수도 있다. 만일 재미있는 세계를 만드는 데 자신이 있다면, 이세계 여행기에 도전해보는 것도 좋다. 물론 이를 위해선 관찰자인 주인공이 매력적이어야 할 것이다. 드라마 '스타 트렉' 시리즈처럼 일행이 함께 여행하면서 중심인물이 바뀌는 구조도 좋다.

---

3. 게임 〈월드 오브 워크래프트〉의 확장판 〈월드 오브 워크래프트: 군단〉에서 부서진 섬을 무대로 한 것도 작은 지역에 여러 가지 문명이 공존하는 것을 자연스럽게 보여주기 위해서였다고 한다.

이세계 여행기의 여러 사례

- '인간 재해'라는 별명으로 막대한 현상금이 붙은 주인공. 가는 곳마다 그를 노린 사람들의 폭주가 일어나는 한편, 그가 소동을 일으키는 걸 막으려는 이들이 동료로서 함께하는데….
- 소원을 들어준다는 별을 얻고자 별똥을 쫓아 여행하는 주인공. 각지에 떨어진 별똥과의 만남에는 그 소원으로 인해 운명이 뒤바뀐 사람들의 이야기가 있다.
- 어딘가에 있다는 전설의 비보를 찾아 여정을 떠난 주인공. 여정의 와중에 뜻을 같이하는 동료들이 모여들고 각지의 소동에 말려든 주인공들은 때로는 영웅이, 때로는 악당이 되어간다.

이세계 일상물

이세계 여행기가 미지의 세계에서 사건에 부딪히는 구조라면, 이세계 일상물은 평범한 일상생활 속에서 예기치 못한 상황에 마주치는 이야기이다. 다른 세계를 무대로 한 시트콤 같은 느낌으로 주인공과 주변 사람들의 관계를 통해서 이야기를 엮어낸다.

『슬레이어즈』와 함께 초기 판타지 계열 라이트 노벨의 인기를 이끈 『마술사 오펜』의 외전 시리즈인 『마술사 오펜 무모편』이 대표적인 사례로, 20권 이상 연재되며 꾸준한 관심을 모았다. 『늑대와 향신료』 같은 작품은 여러 곳을 돌아다니는 이야기이지만, 상인인 주인공의 일상이 중심이 된다는 점에서 이세계 일상물로 볼 수 있다.

그림 8 움직이는 도시(학교)에서의 독특한 생활상을 보여주는『강각의 레기오스』

이세계 일상물은 일단 일상의 삶이지만, 처음부터 기묘한 세계를 설정해놓으면 더욱 이야기를 만들기 좋다. 마법사가 거리를 돌아다니며, 흡혈귀나 늑대인간이 마을에서 함께 사는 건 물론이고, 도시가 걸어 다니고 초능력자가 동급생으로 함께 생활하기도 한다. 이처럼 기묘한 배경이 있다면, 그만큼 쉽게 이야기 소재를 잡아낼 수 있을 것이다. 다만, 기묘한 배경의 세계라고 해도 생활 자체가 지나치게 다르면 독자들이 이해하고 접근하기 어려우므로 주의할 필요가 있다. 설사 좀비가 돌아다니는 세상이라도 사람의 삶은 독자들의 생활과 큰 차이가 없는 쪽이 일상 속에서 특이한 내용을 그려내기 편하다.

이야기를 만들기 어렵다면, 만화 〈명탐정 코난〉처럼 모험가나 용병, 탐정처럼 일이 찾아오는 직업을 가진 캐릭터를 주역으로 삼는 것도 한 가지 방법이다. 학교를 졸업하기 위해 의뢰를 맡으며 생활하는 연금술사(〈마리의 아틀리에〉)나 조금 특이한 능력을 가진 대장장이(『성검의 블랙스미스』), 또는 오토바이를 탄 듀라한(『듀라라라!!』) 같은 캐릭터라면 그냥 존재하는 것만으로도 계속 이야기가 펼쳐지게 될 것이

이세계 일상물의 여러 사례

• 우연히 공주를 구함으로써 영주가 된 주인공. 산적이 날뛰고 이렇다 할 자원도 없는 척박한 땅에서 영주의 좌충우돌이 시작된다.

• 멸망해버린 왕국의 왕자와 신하들. 그들은 왕국을 재건하겠다는 꿈을 꾸면서도, 실제론 하숙집에서 고생하면서 하루하루를 살아간다.

• 본래는 굉장히 강력한 마법사였던 주인공. 하지만 협회에서 쫓겨나 일거리가 없는 주인공은 사채업자로 활동하게 된다. 하지만 번번이 돈을 떼이고 오늘도 고생하는데….

다. 『마오유우 마왕용사』처럼 영주가 되거나, 『오늘부터 마왕』처럼 마왕이 되어서 생활하는 경우에도 역시 일반인보다는 독특한 상황을 마주하기 쉽다.

일상이 아니라 무언가 큰 사건을 던져주어서 이야기를 전개하는 것도 괜찮다. 『어떤 마술의 금서목록』이나 『강각의 레기오스』처럼 주인공들이 살아가는 무대에 위기가 찾아오도록 하면 주인공들은 자연스럽게 이에 맞서게 되면서 이야기가 전개되기 때문이다. 때로는 이 와중에 영웅적인 활약이 펼쳐지기도 하지만, 그 사건이 끝나고 나면 평범한 일상이 계속된다.

이세계 일상물은 주인공과 주변 사람들 그리고 현실과는 조금 다른 세계를 무대로 약간은 특이한 상황을 던져주면서 진행되는 작품이다. 시트콤이 그렇듯, 매력적인 주인공과 주변인들을 만들 뿐만 아니라, 어떤 상황이든 '그들답게' 행동하게 해야 한다. 이를 위해서는 무엇보다도 인물들의 행동 원리를 잘 이해하고 생각해두어야 한다.

차원 이동 이야기

차원 이동 이야기는 주인공이 본래 살던 세계가 아닌, 전혀 다른 세계에 날아가서 이야기가 펼쳐지는 작품을 가리킨다. 과거나 또 다른 행성, 또는 미래 세계나 평행 세계처럼 생소한 세계에 떨어짐으로써 마치 생전 처음 외국에 나간 사람 같은 느낌 속에서 이야기가 진행된다.

라이트 노벨에서 차원 이동 이야기는 생각만큼 많지 않았다. 『제로의 사역마』 같은 인기작도 있지만 얼마 전까지만 해도 별로 눈에 띄지 않았다.[4]

우선 평범한 현대인이 검과 마법의 세계 같은 곳에 날아갔을 때 뭔가 할 수 있는 일이 없다는 문제가 있다. 그렇다고 다른 세계로 넘어가자마자 이상한 힘을 얻어서 사용하는 것은 개연성도 떨어질뿐더러 독자의 외면을 받기도 쉽다. 물론 힘을 얻는 이유를 나름대로 흥미롭게 설정하거나, 힘이 아니라 현대의 지식이 도움이 된다는 식으로 설명하기도 하지만, 이를 독자들에게 납득시키고 받아들이게 하는

---

4. 한국에서는 한때 차원 이동물이 매우 대중적인 설정으로서 인기를 끌었다. 이런 이야기가 지나치게 범람한 나머지 '이고깽'(이세계에서 고등학생이 깽판 치는 이야기)이라고 불리며 혹평을 받는 결과를 낳았다.

건 쉬운 일이 아니다.

차원 이동 이야기는 우리 세계를 떠나 다른 세계에서 모험을 즐긴다는 점에서 현실 도피적인 느낌을 주곤 한다. 그만큼 작품으로서의 완성도가 떨어지고 허전한 느낌이 강해지기 쉽지만, 두 세계의 차이를 잘 부각하고 주인공이 다른 세계를 바라보는 관점을 잘 인식하면 매우 색다르면서도 충실한 작품이 될 수도 있다. 실례로 『이상한 나라의 앨리스』나 『오즈의 마법사』 같은 고전 판타지는 모두 차원 이동 이야기이며, 3대 판타지 중 하나인 『나니아 연대기』도 이런 방식의 작품이다.

근래에는 그 세계의 생명체로 새롭게 태어나거나(전생), 게임 세계를 무대로 이야기를 펼쳐내거나, 반대로 마왕처럼 힘 있는 존재가 우리 세계로 오거나, 또는 판타지 세계에서 힘을 얻은 채 우리 세계로 돌아오는 등 어느 정도 일반적이지 않은 차원 이동 이야기가 그려지고 있다.

차원 이동 이야기에는 대표적으로 아래와 같은 것들이 있다.

차원 소환물

주인공이 현실 세계와 다른 세계에서 누군가에 의해 소환되거나 그 세계에 우연히 떨어져서 벌어지는 이야기를 그리는 방식이다. 일반적으로 현재의 모습 그대로 다른 세계로 향하지만, 그 과정에서 어떤 힘을 얻기도 한다. 『열등용사의 귀

축미학』에서는 그렇게 얻은 힘을 갖고 마왕의 딸과 함께 우리 세계로 돌아와서 이야기를 전개되기도 한다.

차원 이동은 보통 마법에 의해 판타지 세계로 날아가는 형태로 진행되지만, 스타게이트 같은 기술이나 타임머신, 또는 냉동 수면에 의해 깨어나는 방식으로 전개되기도 한다(냉동 수면의 경우 엄밀히 말해서 차원 이동은 아니지만, 깨어나고 보니 세상이 완전히 뒤바뀌어 있다면, 사실상 다른 세상으로 날아간 것이나 같은 결과가 된다).

차원 소환물은 결과적으로 주인공이 그 세계에 꼭 필요한 누군가가 되고, 수많은 이성, 동성 인물에게 인기 있는 존재가 된다는 점에서 대리만족적인 성격이 강하다. 『제로의 사역마』 같은 작품 역시 평범하기 이를 데 없는 주인공이 어째서인지 수많은 여성에게 사랑받는다는 설정으로 인기를 끈 사례이다. 때문에 '이고깽'이라고 비판받기도 하지만, 『십이국기』 같은 작품처럼 우리 세계의 사람 입장에서 다른 세계를 바라보면서 깊은 생각을 남겨주는 작품도 있기 때문에 무조건 나쁘다곤 할 수 없다.

차원 소환물을 잘 만들기 위해서는 작가가 자신의 캐릭터에 자신을 지나치게 투영하지 않는 것이 좋다. 작가 스스로 대리만족을 위해 글을 쓸 경우 필연적으로 개연성이 깨지고 깊이가 얕아져 독자가 공감하기 어렵기 때문이다(이는 캐릭터를 매력적으로 그려내야 하는 모든 라이트 노벨에 해당한다).

다른 세계에서 영웅이 되더라도 그 결과보다는 과정에 초점을 맞추어 주인공에게서 단순히 '힘'만이 아닌 매력을 끌어낼 수 있도록 해야 할 것이다. 특히 실패를 하면서 그것을 다시 극복하는, 시련을 통해 성장하는 모습을 그려냄으로써 이야기를 끌어갈 것을 권한다. 『Re: 제로부터 시작하는 이세계 생활』은 그처럼 실패를 반복하면서 주인공이 성장하는 모습을 매우 흥미롭게 엮어낸 작품이다.

그림 9 『엘프 사냥꾼』. 판타지의 온갖 상식을 비틀어서 재미를 주었다.

차원 소환물에서는 현대인의 눈으로 또 다른 세상의 차이를 바라보면서 재미를 이끌어낼 수도 있다. 만화 『엘프 사냥꾼』은 바로 그런 상식의 차이를 이용해서 즐거움을 준 대표적인 작품이다. 주인공이 판타지에 대한 상식을 갖고 있다면, 그 상식을 깨뜨리면서 재미를 주는 것도 한 가지 방법이 될 것이다.

차원 소환물 중에는 『알바 뛰는 마왕님!』 같은 작품처럼 저쪽 세계에서는 강력한 마왕이었지만, 이쪽 세계에서는 아르바이트를 하면서 정직원이 되는 걸 꿈꾸는 평범한 사람으로서 시작하는 이야기도 있다.

차원 이동물 상당수가 힘을 가진 영웅으로서 활약하는 것

차원 소환물의 여러 사례

- 어느 날 갑자기 기묘한 세계로 날아간 주인공. 사실 이곳은 두 발로 걷는 고양이들이 인간을 모방하며 살아가는 세계였다. 고양이 관점으로 해석된 기묘한 일상에서의 좌충우돌.
- 기묘한 힘에 이끌려 판타지 세계로 날아갔지만, 사실은 잘못 불려왔음을 알게 된 주인공. 소환자는 어쩔 수 없이 그를 신의 사도라고 칭하며 영웅으로 만들고자 한다.
- 마족으로부터 세상을 구원하는 영웅으로서 불려온 주인공. 하지만 사실은 마족이야말로 진정으로 평화를 바라는 존재였으니….

이 식상해서인지 근래에는 차원 이동을 한 곳에서 요리사나 학자로 활동하는 등 일상의 평범한 활동을 통해서 재미를 주려는 작품도 종종 등장하고 있다.

차원 침략물

주인공이나 일행이 다른 세계로 쳐들어가거나, 반대로 다른 세계에서 어떤 존재가 쳐들어오는 이야기다. 소환물의 일종이지만, 군대나 국가 같은 집단이 현재의 기술을 가지고 가는 방식으로, 개인이 아닌 집단 그리고 대규모 기술이 동원되는 만큼 문명의 충돌로 인한 변화가 눈에 띈다. 특히 발달한 기술이 도입됨으로써 문화가 변화하고 교류가 이루어지는 과정을 그려내기도 한다.

일찍이 제리 퍼넬의 SF 『용병』은 외계인에게 납치된 용병들이 현대 병기를 갖고 중세 수준의 기술 세계로 가서 활약하는 내용을 그렸으며, 해리 터틀도브의 『남부의 총』에선 AK 소총을 남북전쟁 때 남군에게 제공하는 이야기가 등장하기도 한다.

차원 소환물에서 현대 기술을 도입하는 이야기가 등장하고 국내에서도 판타지 소설 중에 이런 작품을 종종 볼 수 있지만, 일본의 라이트 노벨에서 본격적인 차원 침략물이라고 할 수 있는 것은 야나이 타쿠미의 『게이트-자위대. 그의 땅에서, 이처럼 싸우며』(이하 『게이트』)이다. 이 책에서는 일본의 도심과 판타지 세계가 게이트로 연결되고 이를 통해 수많은 자위대가 판타지 세계로 향하여 교류를 진행한다.

판타지 세계의 문물이 일본으로 들어오고 반대로 일본 문물이 판타지 세계로 들어가면서 다양한 일이 벌어지는데, 그중 흥미로운 건 주인공이 실수로 잃어버린 코스프레 잡지가 판타지 세계에서 일대 패션 혁명을 일으킨다는 점이다. 『게이트』는 일본에서 상당한 인기를 끌었고, 일본 라이트 노벨에서 군대가 차원 이동으로 사건을 벌이는 작품이 양산되는 결과를 낳았다.

차원 침략물은 다양한 인물의 이야기를 펼쳐내기 때문에 전쟁기 스타일로 이야기가 전개되기도 한다. 차원 소환물처럼 그 세계의 사건만을 해결하는 데 초점을 맞추기보다는 조직이나 세력 내부에서도 변화(또는 대립)가 일어날 수 있으며, 판타지 세계만이 아니라 거꾸로 현대인도 영향을 받을

차원 침략물의 여러 사례

• 어느 날 갑자기 이세계로 날아가버린 함대. 한정된 자원 속에 또 다른 세계에서의 생존을 위해 그들은 용병으로 활동을 시작하는데…
• 갑자기 이계의 문이 열리고 정체불명의 생명체들이 세상에 모습을 드러낸다. 달로 대피했던 인류는 세상을 되찾고자 전쟁을 시작하는데….
• 언제부터인가 세상에 이변이 일어난다. 그것은 과거로 향한 군대가 벌이는 사건이었으니…. 역사를 뒤바꿈으로써 세상이 혼란에 빠지는 것을 막고자 주인공은 과거로 향한다.

수 있다는 점을 이용해 좀더 재미있게 만들 수 있다.

다만, 현대적인 군대가 판타지 세계로 향하는 만큼 일방적인 싸움이 되어 흥미가 떨어질 가능성이 있으며, 감정 없는 학살극을 벌이거나 군국주의를 미화하는 문제[5]가 두드러지기 쉽다. 『게이트』처럼 일본 자위대가 판타지 세계로 향하는 이야기에서 종종 극우적인 사상이 부각된다.

차원 전생물

차원 전생물은 주인공이 현재의 모습이 아니라 다른 모습으로 다시 태어나는 작품을 가리킨다. 차원 소환물이나 침략

5. 실례로 『게이트』에서는 압도적인 힘을 가진 현대 군대인 만큼 전투가 아니라도 충분히 억제할 수 있는 상대를 말 그대로 학살하는 장면을 볼 수 있으며, 싸움을 즐기고 군대로 모든 것을 해결하려는 모습이 자주 등장한다.

물에서 주인공들은 우리 세계에서 넘어간 만큼 그 세계에서 이질적인 모습으로 받아들여지기 쉽다. 이에 따라 차별 대우를 받기도 쉽지만, 전생한 경우엔 그 외모가 전혀 어색하지 않다는 점에서 그 세계의 일원으로 받아들여진다.

차원 이동을 통해서 이동한 경우엔 우리 세계로 돌아오는 일도 적지 않지만, 전생한 경우엔 죽 그 세계의 존재로서 계속 살아갈 수도 있다는 차이가 있다. 즉, '귀환'이라는 과정이 없이 그 세계에서 마음껏 활개 칠 수 있는 것이다.

전생한 결과 용이나 슬라임, 오크 같은 괴물로 다시 태어나기도 하는데, 이 경우 괴물들을 이끄는 마왕 같은 존재가 되어 세상을 지배하는 이야기가 전개되는 사례도 많다. 한국에서는 일찍이 대여점이 유행하던 시절 판타지 작품이 꽤 많은 인기를 끌었지만, 일본에서는 2010년대에 들어 『전생했더니 슬라임이었던 건에 대하여』 같은 작품을 중심으로 급격하게 유행하고 있다.

차원 전생물은 현재의 삶을 완전히 버리고 새로운 세계에서 새롭게 살아가는 이야기라는 점에서 현실 도피적인 경향이 가장 큰 작품이다. 그만큼 주인공 캐릭터가 비정상적으로 강력한 힘을 가지고 있으며, 그 결과 작위적인 이야기가 되기도 쉽다. 주인공이 시련이나 실패가 전혀 없이 계속 성공만 하는 내용으로 대리만족을 자극할 수도 있겠지만, 그만큼 쉽게 식상해질 수 있다는 점에 주의해야 한다.

차원 전생물의 여러 사례

• 깨어나고 보니 과거 세상의 영주로서 살아가게 된 주인공. 주인공은 자신의 역사 지식을 바탕으로 운명을 바꾸고자 한다. 그러나 운명을 바꿀수록 위기는 더욱 강해지는데….

• 어느 날 갑자기 살해되어버린 주인공은 괴물의 몸속에서 눈을 뜬다. 주인공은 강력한 힘으로 세상을 정복하려 하지만, 외모완 달리 동료들은 모두 순둥이뿐인데….

• 용사들의 공격을 피해 영혼의 모습으로 도망쳐 나온 마왕. 하지만 되살아난 몸은 운동 부족으로 고생하는 방구석 폐인이었다. 힘도 제대로 쓰지 못하는 상황에서 마왕은….

차원 전생물이 현실 도피로만 그치는 것은 아니다. 고든 딕슨이 소설 『드래곤과 조지』에서 용의 몸속에 들어가서 '비행'을 즐긴 나머지 근육통으로 고생하는 인간의 이야기를 썼듯, 인간과 다른 존재의 입장에서 세상을 바라본다는 가능성을 펼쳐낼 수도 있다. 인간과 다른 존재인 만큼 인간과는 문화, 도덕, 심지어 미적 감각조차 다르다는 점을 생각하면 전생물에서는 매우 다채로운 상상이 가능하다는 것을 깨달을 수 있을 것이다.

게임 소설

일반적인 판타지나 SF 세계가 아니라 온라인 게임 세계를 무대로 이야기가 펼쳐지는 작품을 가리킨다. 게임 세계를 무대로 한다면 컴퓨터 속의 가상공간인 사이버 스페이스를 무대로 한 SF[6]를 연상하기 쉽다. 하지만 이들 작품이 가상현실 속의 자아나 인공지능 인격 같은 문제에 초점을 맞추어 이야기를 진행하는 반면, 게임 소설은 가공의 세계에서 활약하는 이야기를 그린 이세계 전생물로서의 모험에 중점을 둔다.

게임 소설은 그 세계가 통상적인 이세계가 아니라 게임 시스템의 지배를 받는 세계라는 점에서 이세계 전생물과 다르다. 몬스터가 죽으면 사라졌다가 부활한다거나, 돈이나 아이템을 떨어뜨린다거나 하는 개념이 매우 자연스럽게 나올 수 있으며, 때로는 게임상의 오류를 이용하여 변칙적인 진행도 가능하다. 게다가 게임 속의 세계이기 때문에 적이나 괴물에게 죽어도 부활하는 경우, 그만큼 이야기가 가볍게 전개되기 쉽다.

『소드 아트 온라인』처럼 게임 속의 죽음이 실제 죽음으로 연결되기도 하며, 『로그 호라이즌』처럼 게임 속에서 사망할 때마다 현실의 기억을 약간 잃어버리는 페널티를 주기도 한다. 이 같은 페널티는 긴장감을 더하고 현실감각을 높이기 위한 장치이지만, 반드시 필요한 것은 아니다. 많은 게임 소설은 그런 것 없이 일상과는 다른(일상에서 해방된) 또 다른 생활로서의 게임 세계의 삶을 자유롭게 즐기는 쪽에 초점을 맞추고 있다.

게임 세계를 무대로 한 이야기가 나온 지는 꽤 오래되었지만, 본격적인 게임 소설은 1990년대 초반 일본의 『크리스 크로스 혼돈의 마왕』이나 한국의 『옥스타칼니스의 아이들』에서 시작되었다. 이후 『닷핵』이라는 작품이 애니메이션과 게임, 만화, 소설로 등장했으며, 한국에선 만화 『유레카』나 무협과 판타지의 퓨전 세계를 무대로 한 게임 소설 『더 월드』 같은 작품 등을 거쳐 급격하게 발전했다.

현재는 MMORPG 같은 게임이 또 하나의 삶처럼 일상화되고 인터넷 연재가 늘어나면서 매우 많은 수의 게임 소설이 등장하고 있다. 가장 인기 있는 라이트 노벨 상당수가 게임 소설이며, 심지어 『던전

---

6. 일찍이 컴퓨터 속의 가상공간을 무대로 한 작품으로는 영화 〈트론〉(1982)이 있으며, 소설 『뉴로맨서』(1984)도 있다.

에서 만남을 추구하면 안 되는 걸까』처럼 게임 세계가 아님에도 게임처럼 레벨이나 경험치 같은 요소를 도입한 작품도 적지 않다. 최근에는 게임 속의 세이브, 로드 같은 기능을 도입하여 같은 상황을 반복하여 좋은 결과를 만들어내는 『Re:제로부터 시작하는 이세계 생활』 같은 작품[7]도 등장하고 있다.

게임 소설은 일반적으로 판타지 설정의 롤플레잉 게임을 무대로 하는 경우가 많지만, FPS(1인칭 슈팅 게임), 서바이벌 호러 같은 다양한 장르를 소재로도 할 수 있다. 실례로 자레코에서 만든 게임 '게임 천국' 시리즈는 오락실을 무대로 게임기 속에 들어가서 게임 세계를 노리는 악당에 맞서 전투기나 자동차를 타고 싸우는 이야기를 엮어냈으며, 만화, 애니메이션, 소설로도 제작되었다.

도시 전설 이야기

도시 전설 이야기는 평범한 일상의 세계를 무대로 비일상적인 존재인 외계인이나 유령, 신령, 로봇 같은 이들과 생활하는 이야기를 가리킨다. 신령 같은 존재와 펼쳐내는 이야기는 신화나 전설에서 종종 볼 수 있으며, 중국의 고전 『요재지이』 같은 작품에도 나올 만큼 친근한 설정이지만, 현재도 라이트 노벨에서 특히 애용되고 있다. 한국 창작 라이트 노벨의 초기 작품 중 하나인 임달영의 『유령왕』이나 오트슨의 『미얄의 추천』 시리즈도 이 중 하나다.

이처럼 비일상적인 존재와의 만남이라는 소재는 『2001 스페이스 오디세이』 같은 SF 작품처럼 인류의 미래에 대한

7. 일반적으로 이러한 작품을 '루프물'이라고 부른다.

심오한 이야기가 되기도 하지만, 라이트 노벨에서는 그 상황에 놓인 캐릭터의 삶에 초점을 맞추어 비교적 가볍게 펼쳐내는 경향이 있다. 일반적으로 바뀌는 것은 주인공 주변의 삶에 불과하며 세계적인 변화는 별로 눈에 띄지 않는다.

이들 이야기에서 비일상적인 존재들은 도시 전설에 가까운 느낌으로 사람들에게는 알려지지 않은 채 살아간다. 그들의 싸움은 매우 격렬하고 강렬한 위협이 되지만, 마치 검객 이야기 속 닌자들의 싸움처럼 전면에 드러나지 않고 사회의 이면에만 존재한다. 이러한 설정을 영화 〈맨 인 블랙〉처럼 엮어내는 사례도 적지 않다. 분명히 사회에는 온갖 존재가 있지만, 그들의 흔적은 누군가에 의해 감추어지고 사람들은 아무 일도 없이 살아가는 식이다.

카도노 코헤이의 '부기팝' 시리즈를 시작으로 『듀라라라!!』 『공의 경계』 『괴물 이야기』처럼 '신전기'[8]라고 부르는 작품들은 대표적인 도시 전설 이야기지만, 카마치 카즈마의 『어떤 마술의 금서목록』 같은 작품도 이러한 부류로 볼 수 있다. 『어떤 마술의 금서목록』의 무대인 학원 도시는 과학 중심의 세계이며, 주인공만이 아니라 대다수 사람에게 마법은 도시 전설이나 다를 바 없기 때문이다.

이처럼 주인공이 살아가는 세계에 우리의 세계와는 전혀

---

8. 고단샤의 잡지 〈파우스트〉 편집부에서 제창한 용어로, 나스 키노코의 『공의 경계』를 신전기라고 부르면서 시작되었다.

그림 10 『공의 경계』. '신전기'라는 용어를 탄생시켰다.

다른 무언가 이질적인 것이 있다고 해도, 주인공에게 비일상적인 사건은 모두 '도시 전설과의 만남'이 된다. 이러한 이야기 속에는 비일상의 존재들이 실존하지만, 대다수 사람에게는 도시 전설과 같은 존재로서 그 실체가 별로 드러나지 않는다. 일상생활 속의 평범한 주인공이 논리적으로는 설명할 수 없는 비일상의 존재와 얽히면서 주인공의 일상도 변화하게 된다.

이러한 이야기를 잘 엮어내기 위해서는 무엇보다도 비일상의 존재가 특별히 매력적이어야 하는 동시에 주인공의 일상과 상대의 비일상이 자연스럽게 조화를 이룰 필요가 있다. 비일상적인 존재의 매력과 특성을 잘 드러내기 위해서 주인공은 매우 일상적이고 평범한 인물로 설정되는 경우가 많지만, 이야기의 진행에 따라서 감추어져 있던 매력(또는 능력)이 부각된다.

비일상적인 존재라는 것이 반드시 신이나 악마, 외계인일 필요는 없다. 특이한 인간, 이를테면 『죽지 않는 소년을 사랑한 소녀』의 연쇄살인마나 『스즈미야 하루히의 우울』처럼 괴상한 성격의 인간이라도 상관없다.

도시 전설 이야기의 여러 사례

• 어느 날 찾아온 기묘한 소녀를 돕다가 죽어버린 주인공. 하지만 주인공은 소녀의 힘으로 불사신의 존재로 되살아난다. 소녀의 소원을 이루어주기 위해 주인공은 세계를 여행한다.
• 기묘한 힘을 가진 자에 의해 존재를 잃어버린 소년. 죽은 것이나 다를 바 없게 된 그는 신비한 힘을 가진 소녀를 도와 악에 맞서 싸운다.
• 강력한 마법의 도구에 의한 범죄가 발생하는 세상. 주인공은 그의 앞에 나타난 소녀를 도와 온갖 지혜로 범죄를 막아낸다.

중요한 것은, 평범하지만 따분한 일상을 반복하던 주인공 앞에 누군가가 나타나고 처음에는 그 존재를 당혹스럽게 생각하던 주인공이 점차 그 변화에 몰입되면서 무언가를 얻어나간다는 점이다. 도시 전설과도 같은 비일상과의 만남을 통해 주인공은 자기 자신에게 감추어져 있던 내면을 찾아내고 바뀌어간다. 다만, 이 같은 작품이 많이 늘어난 만큼, 비일상적인 존재에 의외성을 주는 것이 더 좋을지도 모른다. 좀비 미소녀라든가, 쌍권총을 든 흡혈귀라든가, 오토바이를 타고 다니며 택배 일을 하는 듀라한 등이 의외성을 추구한 대표적인 사례이다.

한 지붕 아래의 비일상

도시 전설 이야기 작품 중에는 비일상의 존재와 주인공이 한 지붕 아래에서 함께 산다는 설정의 작품이 꽤 있다. 다카하시 루미코의

그림 11 『시끌별 녀석들』

만화 『시끌별 녀석들』에서 시작된 비일상적인 존재와의 동거물은 만화 『오! 나의 여신님』과 애니메이션 〈천지무용!〉을 거쳐 대중화되었고, 지금도 꾸준히 등장하고 있다.[9]

라이트 노벨에서는 특히 2000년대 초반에 유행했던 작품이지만, 지금도 많은 작품에서 '주인공을 바꿔나가는 기묘한 존재와의 동거'라는 구조로 이야기를 엮어내고 있다. 예를 들어 오모리 후지노의 『던전에서 만남을 추구하면 안 되는 걸까』 역시 여신을 만나 그녀와 함께 살아가면서 영웅으로 성장해나가는 이야기이며, 카마치 카즈마의 『어떤 마술의 금서목록』도 인덱스라는 이름의 기묘한 소녀가 찾아와 함께 살면서 일어나는 이야기로 시작된다.

이처럼 동거 형태의 작품이 많은 것은 그 편이 주인공과 비일상 존재 사이를 더 가깝게 만들어주고 시트콤 같은 생활 이야기를 펼쳐내기 좋기 때문이다. 꼭 연애 형태가 아니라도 한곳에 같이 살면서 서로의 차이가 더욱 부각되며, 주인공의 변화를 좀더 잘 이끌어낼 수 있다는 장점이 있다. 『늑대와 향신료』처럼 여정을 함께하는 것만으로 사이는 좋아지고 서로를 더 이해할 수 있게 된다.

이처럼 가정이라는 작은 곳에서 펼쳐지는 이야기가 있는 반면, 카미노 오키나의 소설 『놀러갈게!』처럼 비일상의 존재가 세상을 찾아오면서 문명의 충돌에 비견할 만한 사건이 발생하는 작품도 있다. 하지만 라이트 노벨에서 이러한 설정은 별로 대중적이지 않다. 라이트 노벨이 기본적으로 캐릭터에 초점을 맞추기 때문인데, 실례로 『놀러갈게!』에서도 외계인의 방문으로 인한 변화는 주인공 주변에 집중되어 있으며 이야기는 모두 주인공의 가정을 중심으로, 주인공이 성장하는 과정에 맞추어져 있다.

이능력 배틀

특수한 힘을 가진 존재들이 그 힘을 이용하여 자신들의 뜻을 이루기 위하여 싸우는 이야기이다.

이능력 배틀 이야기는 각 인물들이 자기만의 개성적인 힘을 갖고 대결을 벌인다는 점에서 무협물이나 슈퍼히어로물과는 차이가 있다. 가령 슈퍼맨은 힘이 세지만, 헐크 역시 힘이 세다는 점에서 큰 차이가 없으며, 무협에서는 같은 검술로 상대와 싸우기도 한다. 하지만 능력자 배틀에서는 한쪽이 퀴즈로 상대를 제압하는 반면, 또 다른 인물은 죽는 척으로 상대하는 것처럼 제각기 특수하고 개성적인 능력을 사용한다.

이능력 배틀은 1980년대부터 일본 만화에서 유행한 이야기 방식이라고 알려져 있지만, 중국의 소설 『봉신연의』에서 보여준 보패 대결이나 『서유기』의 술법 대결처럼 역사가 오래된 소재이다. 일본에서는 일찍이 지라이야 같은 전설적인 닌자 이야기나 야마다 후타로의 소설 '인법첩' 시리즈에 등장하는 닌자 대결이 능력자 배틀의 원조이다. 요코야마 미츠테루의 닌자 만화나 데즈카 오사무의 『도로로』 그리고 미즈키 시게루의 만화 속 요괴 대결처럼 이능력 배틀은 만화에서도 일찍부터 사랑받았다.

---

9. 만화에서 기묘한 존재와의 만남과 동거를 통해서 이야기가 진행되는 건 매우 보편적인 설정으로, 최근 완결된 『블리치』 같은 작품도 사신이 벽장에서 지내면서 같이 살고 학교에도 전학생으로 찾아오는 이야기로 시작된다.

특히 '어떻게 적을 물리쳐야 하는가?'라는 고민을 생각해야 하는 이능력 배틀은 액션의 장면을 잘 보여주지 않아도 되는 만큼, 액션물보다도 소설에 적합한 내용으로 환영받는다. 가령 액션 만화의 최고 명작으로 손꼽히는 『드래곤볼』의 전투를 소설로 묘사하는 것은 쉬운 일이 아니지만, 『헌터×헌터』 같은 작품의 전투를 글로 옮기는 것은 더욱 수월하다는 점을 생각해볼 수 있다(실제로 『헌터×헌터』에는 능력에 대한 설명이나 왜 능력이 통했는지에 대한 설명이 자주 나오는데, 이러한 설명이 많은 것도 이능력 배틀의 특징이다).

무협이나 액션물은 단순한 힘의 대결이나 그때그때의 재치로 승패가 갈리지만, 이능력 배틀은 능력의 상성이나 전술 같은 여러 가지 요인에 의존하는 경향이 있다.[10] 그만큼 상대의 능력을 알고 있는가 아닌가가 중요하기 때문에 상대가 어떤 능력을 갖고, 어떤 강점과 약점이 있는지를 알아채는 안목이나 추리가 중요한 이야기도 많다.

도시 전설 스타일인 『부기팝은 웃지 않는다』나 『공의 경계』 같은 작품에서 일찍이 이능력 배틀이 등장했고, 이후 『작안의 샤나』를 비롯한 여러 작품이 인기를 끌었다. 이들 작품에서는 본래 평범했던 주인공이 어떤 계기로 이능력을 얻고 싸움에 뛰어드는 일이 많다. 도시 전설 이야기에서 미

---

10. 만화로 예를 들면, 『원피스』의 하늘섬 편에서 무적을 자랑하던 에넬의 전기 공격이 고무로 된 주인공 루피에게는 전혀 통하지 않은 설정이 이에 해당한다.

지의 존재와 마주하면서 자신의 새로운 운명을 깨닫듯이 이능력과의 접촉을 통해서 이능력에 눈을 뜨게 되는 것이다. 일반적으로 주인공의 이능력은 매우 강하기보다는 조금 특별한 형태로 발현되는 경우가 많다.

『어떤 마술의 금서목록』의 주인공 카미조 토우마가 가진 능력은 그중에서도 독특한 사례로서, 그는 마법이나 초능력 같은 이능력을 무용지물로 만들 수 있는 힘이 있다. 그래서 이능력 대결에서는 실력을 발휘하지만 이능력이 없는 상대에게는 아무런 힘도 쓰지 못하는 특이한 설정이 눈길을 끈다. 게다가 이능력이 오직 오른손에서만 발현되기에 매우 불안정한데도 온갖 기지와 근성으로 엄청나게 강력한 적을 쓰러뜨리면서 인기를 끌고 있다. 그가 『이 라이트 노벨이 대단해!』의 남자 캐릭터 인기 순위에서 항상 최상위권에 드는 것은 이처럼 기묘하게 편중된 능력보다도 그런 제한된 능력에도 불구하고 언제나 목숨을 걸고 싸움에 맞서는 태도 때문일 것이다.

카미조 토우마의 사례처럼 이능력 배틀 속의 주인공은 엄청나게 강하기보다는 캐릭터로서의 매력을 가질 필요가 있다. 흔히 이능력 배틀을 처음 만드는 작가는 굉장히 강력한 기술을 숨긴 채 내숭을 떨거나 폼을 잡는 캐릭터를 종종 등장시키지만, 이는 능력이 아닌 캐릭터 자체의 매력이 중요하다는 것을 잘 모르기 때문이다. 물론 이러한 캐릭터가 무조

건 매력이 떨어지는 건 아니지만, 이능력 배틀에서조차 라이트 노벨의 캐릭터는 숨겨진 힘 같은 것보다는 강한 개성, 특히 주도적인 행동을 통해 매력을 이끌어낼 필요가 있다.

배틀 자체의 재미를 위해서는 그 세계의 이야기에 가장 중요한 이능력이 어떤 것이며, 어떤 특성이 있는지 잘 생각하며 이야기에 녹여내야 한다. 능력의 상성이나 특성이 대결에 큰 영향을 미치는 만큼 그러한 점을 사전에 생각해야 하는데, 지나치게 한쪽이 유리하거나 강력해지는 것은 피하는 게 좋다. 많은 이능력 배틀물에서 주인공은 계속 강해지고, 적도 더욱 강한 존재가 등장하기 쉬운데, 그 경우 단순히 강한 능력을 나열하게 될 수도 있으며, 그저 운 때문에 승리하거나 각성으로 인한 능력의 상승이 반복되기 쉽다.[11]

한편 일본 소년 만화의 대표 격인 〈주간 소년 점프〉는 '우정, 승리, 노력'이 모토라지만 액션 만화에서도, 액션 계열의 라이트 노벨에서도 '노력'은 별로 부각되지 않는 경향이 있다. 일찍이 『드래곤볼』에서는 초기에 훈련 과정이 나왔고, 『헌터×헌터』 같은 작품에서도 약간이나마 훈련이 소개되었지만, 대개 금방 넘어갔으며 이후엔 별다른 훈련 없이 강해지는 모습을 보여준다. 만화 『원피스』에선 '2년이 지났다'

---

11. 만화 『블리츠』를 예로 들면, 사실 내게는 숨겨진 기술이 있었다는 구도가 자주 등장한다. 이러한 내용은 이따금 등장하면 의외성을 주지만, 같은 내용이 반복되면 흥이 깨지는 결과를 낳을 수 있다.

이능력 배틀의 여러 사례

- 붉은 달이 뜰 때면 세계 각지에 출몰하는 기묘한 공간. 그 공간에는 우리 세계를 노리는 정체불명의 적수가 숨어 있고, 그 안에선 특수 능력자만이 활동할 수 있다.
- 대지진으로 가라앉은 도시. 그곳에선 초능력자와 마법사가 활개치고, 온갖 요괴와 마수가 날뛰고 있는데….
- 영웅과 악당의 싸움에 휘말려 연인을 잃은 주인공. 평범한 주인공은 영웅에게 복수하고자 악의 세력에 들어가 훈련을 시작하며 새로운 힘을 얻는다.

라는 표현으로 훈련 과정을 넘겨버리기도 했다.

이것은 이 같은 액션 작품들이 육체적 성장보다는 정신적 성장에 중점을 두고, 노력이 아니라 힘의 실현에 더 중심을 두기 때문이다. 이능력 배틀은 액션 만화처럼 액션 연출이 많지는 않지만, 그럼에도 훈련보다는 싸움이 중심이었다. 이를 위해서는 액션 만화나 애니메이션의 연출 묘사를 참고하는 것도 좋다. 이능력 배틀 이야기 중엔 캐릭터 자신이 아니라 다른 수단을 이용하여 힘을 쓰는 사례도 있는데, 〈포켓몬스터〉 역시 이러한 작품으로 참고할 수 있을 것이다.

슈퍼히어로물과 이능력 배틀

슈퍼히어로물과 이능력 배틀은 누군가가 특수한 능력을 사용하는 이야기이지만, 전자가 힘을 이용해서 사람들을 구하고 악에 맞서는 이야기라면, 후자는 힘과 힘의 대결로서 서로의 이상을 걸고 대결하는 사례가 많다. 하지만 양쪽 다 '힘'의 이야기라는 측면에서 구분하기는 어렵다. 특히 『엑스맨』처럼 제각기 개성적인 능력을 가진 초능력자가 등장할 경우 그 기술을 사용하는 전술에 따라서 상황이 달라지는 만큼 능력자 배틀에 가까운 느낌을 준다.

국내에서 나온 반재원의 『초인동맹에 어서오세요』도 제목만으로 보면 슈퍼히어로물을 연상시키지만, 능력의 개성이나 특성은 능력자 배틀에 가깝다. 일본의 특수 촬영 슈퍼히어로물인 '가면라이더' 시리즈 같은 작품도 다양한 괴인이 제각기 다른 능력을 가지고 활약한다는 점에서 능력자 배틀을 연상시킨다.

최근 일본 만화에서 이능력 배틀물이나 슈퍼히어로물이 인기를 끌고 있다. 미국의 슈퍼히어로 영화의 인기 덕분이겠지만, 미국과는 다른 색채로 서양에서도 관심을 모으고 있다. 일본 히어로물에서는 능력은 강하지만 육체가 따르지 않거나, 너무 강해서 아무도 상대가 되지 않는 등 의외성을 통해 재미를 주는 작품이 적지 않다. 일찍이 가난하고 생활이 어려운 고교생을 히어로로 바꾼 '스파이더맨' 시리즈가 인기를 끌었듯, 이제까지의 히어로 스타일 이야기와는 다른 작품이 화제를 모으는 상황은 이후 라이트 노벨의 이능력 이야기에 참고할 만할 것이다.

슈퍼히어로물의 사례로 '울트라 시리즈' 같은 거대 히어로와 괴수가 싸우는 이야기도 있지만, 라이트 노벨에서는 그다지 눈에 띄는 소재는 아니다. 거대 히어로의 일종으로서의 거대 로봇물도 라이트 노벨에는 별로 많지 않으며, 『기동전사 건담』과 같은 리얼 로봇 분위기 작품이 중심을 이룬다. 그 밖에 사사모토 유이치의 『ARIEL』이나 홍정훈의 『기신전기 던브링어』처럼 스페이스 오페라풍의 작품이 종종 눈에 띄며, 아카호리 사토루의 『MAZE☆폭렬시공』처럼 마법과 과학이 뒤섞인 판타지풍의 로봇 이야기도 호평받았다.

일상 이야기

라이트 노벨은 이세계나 이능력을 소재로 이야기를 펼쳐내는 작품이 많지만, 한편으로 많은 작품이 주요 독자인 10대의 일상생활을 소재로 진행된다. 일상 이야기는 보통 독자층의 주요 생활 장소인 학교가 많지만, 가족을 소재로 한 작품도 있으며, 일상의 삶에서 벌어지는 여러 가지 이야기를 시트콤 같은 분위기로 엮어내어 재미를 준다.

일상을 다루는 작품은 우정이나 사랑을 소재로 한 것이 많고, 이따금 독특한 비현실을 드러내는 것도 등장한다. 도시 전설적인 설정이나 이능력 배틀 같은 요소를 도입하여 일상 속에서 비일상을 함께 보여주는 것이다.

여성 대상의 라이트 노벨 중에는 보이즈 러브 작품(BL물)이나 『마리아님이 보고계셔』 같은 백합물도 있지만, 남성 주인공 한 명에 여러 여성 캐릭터가 등장하는, 속칭 하렘 구조가 대세를 이룬다. 다만 이능력 배틀이나 이세계 모험물에 비하면 일상 이야기는 여성 대상의 작품 비중이 높고, 전자책에서는 특히 여성향 작품이 인기를 끈다.

학교생활

일본에서는 보통 학원이라고 불리는 학교를 무대로 진행되는 이야기이다. 러브 코미디(로맨스 코미디)가 눈에 띄지만, 『학생회의 일존』 시리즈(학생회 시리즈)처럼 로맨스보다는

그림 12 교복을 입은 『토라도라!』의 주인공 일행. 학교의 일상은 이런 모습으로 대변된다.

시트콤적인 일상에 더 치중한 작품이 많다. 일상적인 학교만이 아니라 『마부라호』나 『바보와 시험과 소환수』처럼 마법이 일상적으로 등장하는 세계나 '스즈미야 하루히' 시리즈처럼 학교를 무대로 하지만, 우주인이나 초능력자가 등장하고 세계의 운명을 쥔 소녀가 등장하는 세카이계[12] 스타일의 기묘한 이야기가 펼쳐지는 작품도 적지 않다.

평범한 학교처럼 보이더라도 학생회가 아주 비정상적으로 강력하거나, 유일무이한 절대 권력자가 있고, 아주 이상한 교칙이 존재하는 등 절대로 평범하다고 할 수 없는 학교가 종종 등장한다.

이들 작품은 '학교'라는 설정상 시험, 클럽 활동, 소풍, 수학여행처럼 학생들에게 친근한 생활이 소재로 등장하기 때문에 10대 독자들에게 공감을 얻기 좋다. 특별한 시험이나 제도가 있더라도 일상생활은 평범한 학교의 그것과 그다지 다르지 않기 때문이다.

제한된 공간에서 비슷한 연령대의 정해진 학생들이 이야

---

12. 사회나 국가가 아니라 주인공을 비롯한 소수의 개인이 세계의 운명을 좌우하는 작품. 라이트 노벨에서는 『스즈미야 하루히의 우울』이 대표적이다.

기를 펼치는 만큼, 학교의 일상 이야기는 일상의 소소한 재미를 중심으로 한 시트콤에 가까운 느낌을 준다. 『학생회의 일존』 시리즈처럼 평범한 학교를 무대로 한 경우 그런 경향이 더욱 두드러지게 마련이다.

다만 마법이나 비일상적인 개념이 등장하는 작품에서는 그 같은 비일상이 이야기의 중심이 되면서 일상적인 학교 이야기와 차별화된다. 하지만 학교라는 곳이 사회와 격리되어 있어선지 사람들이 그러한 상황에 금방 익숙해지고, 비일상이 일상화되는 경우가 많다. 예를 들어 소년병 출신의 용병이 고등학생으로 전학 오면서 시작하는 『풀 메탈 패닉!』 같은 작품에서는 경호를 이유로 심심하면 폭탄을 터뜨리고 지뢰를 매설하며 총을 들이대지만, 학생들은 어느새 이에 적응하여 '또냐?'라는 반응밖에는 보이지 않는다. 결과적으로 특이한 상황보다는 그 상황 속에서 친숙한 주변 사람들과의 관계와 반응을 통해 이야기를 전개한다.

학교 이야기의 또 다른 특징은 학교에서의 생활에 시간 제한이 있다는 사실이다. 학교 이야기의 진행은 주인공이 졸업할 때까지로 한정되어 있으며, 때로는 주인공의 전학이나 기타 사정으로 그보다 전에 이별하게 되는 경우도 있다(가령 남자 주인공이 2학년이고 여자 주인공이 3학년이면 여자가 먼저 졸업해서 떠나게 마련이다). 이야기 속의 시간은 그만큼 천천히 흘러가고 때로는 같은 시간이 반복되는 '사자에상 시

학교 생활의 여러 사례

- 주인공에게 반한 소녀. 주인공과 달리 완벽하기 이를 데 없는 그녀의 고백으로 시작된 연애 속에 연약하던 주인공은 점차 성장해 나간다.
- 어쩌다 보니 왕따가 되어버린 주인공. 하지만 어떤 부 활동을 계기로 주인공의 삶에 변화가 일어나게 되는데….
- 시골 오지의 남학교. 어느 날 다음 해부터 공학화를 준비하고자 여학생 수십 명이 편입해서 온다. 주인공 친구들과 여학생들의 시끌벅적한 학교생활이 펼쳐진다.

공'[13]으로 연출되기도 하지만, 대개는 제약이 있으며 그 제약이 이야기의 핵심이 될 수도 있다.

학교의 일상 이야기는 학교라는 한정된 공간의 매력을 잘 살려서 이야기를 엮어내는 작품이다. 학교의 삶 자체가 주로 10대인 독자들이 쉽게 받아들일 수 있도록 현실에 바탕을 두고 만들어지곤 하며 조금 특이한 상황에서도 친근한 내용을 구성으로 이야기를 엮어낸다.

가족이 있는 이야기

가족이 있는 이야기들은 하나의 가정을 무대로 이야기를 펼

---

13. 일본의 국민 만화라고 불리는 『사자에상』처럼 인물들이 나이를 먹지 않고 시간만 흘러가는 구성을 가리킨다.

쳐내며, 가족이나 동거인과 이야기를 진행해나가는 작품을 가리킨다. 주로 로맨스에 초점을 맞추고 일상 이야기를 해나간다. 가족이나 동거인, 또는 같은 건물에 사는 이웃이라는 좁은 인간관계에 맞추어 이야기를 이끌어나가기에 시트콤 같은 분위기가 강하다.

그림 13 『도레미 하우스』. 이웃 간에 벌어지는 유쾌한 일상을 잘 보여주었다.

『내 여동생이 이렇게 귀여울 리가 없어』처럼 가족 관계에 초점을 맞춘 작품도 있지만, 많은 작품이 주로 동거인이나 소꿉친구 이웃 등을 소재로 이야기를 엮어낸다. 과거에는 만화 『시끌별 녀석들』이나 『오! 나의 여신님』처럼 여신이나 외계인 같은 신비한 존재를 등장시키는 작품이 많았지만, 근래에는 평범한 가정을 중심으로 이야기를 엮어내는 사례가 늘어나고 있다.

이러한 작품의 기본 패턴은 『시끌별 녀석들』이나 『오! 나의 여신님』 외에도 다카하시 루미코의 『메종일각』(국내판 『도레미 하우스』) 같은 작품에서 배울 수 있다. 일본에 많은 저층 다세대 주택(맨션)을 무대로 한 러브 코미디인 『도레미 하우스』는 '가족이 있는 이야기'의 전형을 보여준다. 약간 덜떨어진 주인공과 주인공이 좋아하는 관리인 그리고 친구라기보다는 가족과 같은 느낌의 시끌벅적한 이웃들, 여기에 같은 곳에 살지는 않지만 이따금 건물을 찾는 라이벌들….
친근한 이들 간에 벌어지는 좌충우돌 소동이 이야기의 중심을 이루며 인간과 인간의 관계가 점차 깊어져간다. 마치 사이 나쁜 가족이라도 함께 사는 동안 점차 정이 들어가듯이.

『내 여동생이 이렇게 귀여울 리가 없어』 역시 가족을 기반으로 점차 확대되는 인간관계를 그린 작품으로 호평받았다. 급조된 듯한 결말이 부정적인 반응을 낳긴 했지만, 이른바 '여동생물'이라고 불리는 소재의 완성형에 가까운 작품으로서 오랜 기간 사랑받았다. 다만, 여동생이나 누나(반대로 오빠나 남동생) 같은 형제자매를 대상으로 한 연애 이야기는 여러모로 터부시되는 만큼 주의가 필요하다. 일본 작품에서도 친남매가 아니라 부모의 재혼이나 입양으로 생겨난 남매 관계로 설정하는 것이 보통이다.

부호 집안을 무대로 한 가족 이야기에서는 메이드나 집사 같은 고용인들이 등장하여 이야기를 엮어내는 사례도 심심찮게 등장한다. 아예 메이드 군단이나 집사 군단처럼 대량의 인물을 등장시켜 거창한 이야기를 만드는 경우도 많다.

가족이 있는 이야기 작품은 대부분 '가정'을 중심으로 이야기가 전개되며, 가족이나 매우 가까운 존재를 중심으로 설정을 엮어간다. 하지만 은하 최고의 과학자에 거대 군사 국가의 공주, 은하 경찰, 대우주 해적이 모여서 살아가는 애니메이션 〈천지무용!〉 같은 작품처럼 그 안에 모인 인물들

가족이 있는 이야기의 여러 사례

- 오랜 맹약에 따라 주인공의 집안을 수호하러 나타난 미지의 소녀. 그녀의 등장과 함께 주인공 주변에 온갖 신비한 인물이 출몰하고 혼잡한 일상이 펼쳐진다.
- 하숙집에서 쫓겨났지만 운 좋게 저렴한 곳을 찾게 된 주인공. 하지만 그곳은 온갖 미지의 존재가 사는 곳이었다. 인간이 아니지만 더욱 인간적인 그들 사이에서 주인공은 새로운 삶을 찾게 되는데….
- 어렸을 때의 약속을 기억하며 유명 대학에 진학하기 위해 자취하게 된 주인공. 그리고 하숙집에 사는 여러 개성적인 소녀들과의 좌충우돌 일상이 시작된다.

의 면면에 따라 우주의 운명을 좌우하는 이야기가 펼쳐지기도 한다. 하지만 그들이 아무리 거창하더라도 그 안에서는 평범한 일상이 반복되는 와중에 이따금 예외적인 상황이 일어나고 이것이 독자에게 즐거움을 안겨준다. 그야말로 일상 속에 비일상이 있고, 비일상 속에 일상의 이야기가 펼쳐지는 것, 그것이 가족이 있는 삶을 그린 이야기의 대표적인 모습이다.

역사, 전기물

역사물은 실제 역사를 무대로 하거나 과거의 시대를 무대로 이야기를 펼쳐내는 작품을 가리킨다. 일본 라이트 노벨에서는 서양화, 자유화가 급격하게 진행되면서 격동의 시기였던 다이쇼 시대를 무대로 한 '다이쇼 로망'이나, 전국(

그림 14 오다 노부나가를 여성으로 설정한 『오다 노부나의 야망』. 이러한 작품도 '역사물'의 일종이다.

센고쿠)시대 말기를 중심으로 한 이야기 등이 역사물로 상당히 많이 다뤄진다. 다만, 라이트 노벨에서는 원래의 역사 그대로보다는 역사 이야기 속의 연애 내용에 초점을 맞추거나, 퓨전 스타일로 각색한 형태로 나오는 경우가 더 많다.

그중에서도 요괴나 도술 같은 요소를 도입한 작품은 역사를 무대로 한 전기물,[14] 혹은 역사 판타지로서 상당한 인기를 누리고 있다. 일본 역사 속의 가장 유명한 군신 콤비인 요시쓰네와 벤케이를 중심으로 한 겐페이 합전 시대나 오다 노부나가를 비롯한 수많은 인물이 활약한 전국시대를 무대로 하는 이야기는 특히 인기 있다.

그중에는 오다 노부나가의 성별을 바꾼, 『오다 노부나의 야망』처럼 원래 역사의 설정과 인물을 대폭 바꾼 작품도 적지 않으며, 아예 역사에 관계없이 요괴 이야기에만 초점을 맞추는 사례도 많다. 국내에는 일부 역사 판타지가 있긴 하지만, 만화와 소설 등으로 나온 『바람의 나라』 정도를 제외

---

14. 여기서 전기(傳奇)는 과거로부터 전해 내려오는 환상적이고 이상한 이야기를 뜻한다. 실재 여부에 관계없이 오랜 전승, 전설, 종교적 관습 등을 바탕으로 괴기 현상을 다루는 이야기로서 라이트 노벨에서는 역사물과 함께 엮이거나 오컬트, 호러물로 소개되기도 한다.

하면 대체로 단순히 역사를 뒤바꾼 작위적인 작품들로서 역사물이나 전기물로서의 재미를 느끼기 어렵다. 그만큼 발전 가능성이 있는 소재라고도 볼 수 있다. 반드시 역사 그대로가 아니라 역사물이나 전기물의 분위기를 내는 것만으로도 사람들의 흥미를 끌기에 충분하다.

실례로 〈야경꾼 일지〉처럼 가상의 왕실을 무대로 한 전기물 드라마가 호평받은 사례가 있으며, 근래에는 가상의 역사를 무대로 한 윤이수의 웹소설 『구르미 그린 달빛』이 드라마로 만들어져 인기를 모으기도 했다.

역사물, 전기물은 이세계 이야기와 비슷하지만, 일반적으로 우리 세계의 잘 알려진 역사나 과거 분위기를 무대로 친숙한 느낌을 준다. 역사물 중에는 일찍이 만화 『베르사이유의 장미』처럼 외국의 역사를 무대로 하는 사례도 있다.

위에서 소개한 작품들 이외에도 라이트 노벨에는 매우 다양한 내용이 존재하며, 이들은 별도의 하위 장르로 구분할 수 있다. 미스터리나 서스펜스, 폭력을 내세운 작품도 적지 않으며, 명백하게 SF 분위기를 풍기는 근미래 스릴러물도 많다. 여기에 실제 역사 속의 전투에서 다른 결과가 나왔다면 어땠을지를 다루어 대리만족을 주는 '가상 전기'나, 성인 대상의 에로 라이트 노벨의 '도착 소설'[15]에 이르기까지 라이

15. 도착이란 상하를 뒤집는다는 뜻이며, 도착 소설이란 남녀의 몸이 바뀌어 성이 전환

역사, 전기물의 다양한 사례

• 세계의 패자에 가장 가까이 다가간 제왕. 그러나 그는 사실 악마와 손을 잡은 사악한 지배자였는데…. 악의 위협에 맞서 주인공 일행은 패자와의 싸움에 임한다.

• 상사에게 도시 밖의 요괴를 퇴치하라고 명령받은 주인공. 하지만 사실 요괴는 사람들을 돕는 소녀 의적이었다. 그 사실을 알게 된 주인공은 갈등에 빠지는데….

• 검술이 뛰어나고 용맹하기 이를 데 없는 왕자. 하지만 사실 그는 후계자 문제 때문에 왕자로 길러진 공주였다. 여성으로서의 자신을 자각하면서도 그녀는 사악한 적들에 맞서 싸우게 되는데….

트 노벨의 가지는 무수히 뻗어간다.

라이트 노벨이 장르의 색채에 집착하지 않고 캐릭터를 매력적으로 살리고 그들의 삶을 다채롭게 보여주는 데 치중하는 만큼, 앞으로도 라이트 노벨에서는 다양한 소재와 하위 장르가 탄생하며 발전할 것이다.

라이트 노벨을 쓰고자 한다면, 기존과는 차별된 소재나 하위 장르를 도입하는 것도 좋은 방법이다.

한 가지 유용한 방법으로 영화나 만화, 게임처럼 라이트 노벨이 아니면서 대중에게 인기 있는 작품에서 영감을 얻는 것을 권한다. 라이트 노벨은 탄생부터 다양한 미디어에서 영향을 받고 성장해온 장르이며, 라이트 노벨에서 인기 있는 소재나 주제는 대중적으로 인기 있는 미디어, 특히 만화

되거나 남장, 여장을 하는 형태의 작품을 말한다.

의 영향을 받는 사례가 많기 때문이다. 소설과 만화라는 매체 차이로 인해 표현 방식은 다르지만, 만화에서 새롭게 인기를 끈 소재는 일단 이후 라이트 노벨에도 영감을 주어 새롭게 등장할 수 있다. 물론 처음부터 만화 명작에서 영감을 얻어 창작하기도 한다.

다른 미디어에서 인기 있는 소재나 장르를 차용하는 것은 매우 좋은 방법이지만, 한편으로는 무엇이든 자신이 좋아하는 소재나 장르를 선정해서 써보는 게 더 나을 수도 있다. 라이트 노벨은 지극히 상업적인 상품이기에 자신이 좋아하는 것을 조금이라도 내세우고 싶은 마음이 있을 때 더욱 재미있게 완성될 가능성이 높아지기 때문이다.

라이트 노벨 기획

1. 콘셉트 설정

작품의 기본적인 재미, 분위기, 스토리의 핵심을 한 문장으로 정리한다. 예를 들어 "평범한 소년이 신비한 아이템을 가진 소녀를 만나 어둠의 세력과의 싸움에 말려든다."처럼 적는다. 여기에 이야기의 가장 중요한 재미(도시 판타지의 법칙을 뒤집는 코믹한 재미 등)를 다시 한 줄로 기재하면 '내가 만들고 싶은 기본 방향'이 정리된다.

2. 작품 길이와 규모

작품의 길이와 규모를 생각하면, 캐릭터의 숫자와 세계관, 필요한 설정을 생각하기 편하다. 이야기의 길이는 어느 정도이며 어떤 크기인가? 가령 하루 밤에 벌어지는 이야기인가, 아니면 수십 년에 걸친 이야기인가? 마을 하나에서 벌어지는 이야기인가? 우주를 건 이야기인가? 작품 길이는 어떤가? 단편인가? 1권 분량의 장편인가? 아니면 시리즈물인가? 처음부터 큰 규모로 생각하고 구성하기보다는 짧은 이야기에 초점을 맞추어 준비하길 권한다.

3. 주요 캐릭터의 설정

어떤 캐릭터가 어느 정도 필요한가? 주역과 히로인, 악역을 중심으로 대략적인 숫자와 각 캐릭터의 주된 특성을 정리하자. 캐릭터는 처음부터 상세하게 기술하기보다는 가장 대표적인 특성을 기준으로 '〈오 나의 여신님〉의 베르단디 같은 캐릭터'라던가, '〈에반게리온〉의 레이 같은 캐릭터'처럼 누구나 쉽게 이해할 수 있는 캐릭터 패턴으로 정하면 서로 겹치지 않고 구성하기 좋다. 캐릭터 특성은 겹치지 않게 주의하자. 예를 들어 학교를 무대로 한 작품의 히로인이라면 주인공을 기준으로 상급생, 동급생, 하급생 형태로 구분한다. 주인공과 비교하여, 그리고 주인공과의 관계를 중심으로 캐릭터를 구성하고, 캐릭터의 관계도를 기술해두자. 특히 주인공과 관련된 추억이나 사건이 있다면 꼭 적어두자.

4. 세계관 설정

캐릭터들이 활동하는 세계 설정. 특히 캐릭터의 이야기에 깊이 연관된 부분부터 하나씩 정리해보자. 주인공에게 특수한 능력이 있다면 특히 이를 중심으로 설정을 구성하는 게 좋다.

5. 주요 사건

캐릭터를 강조하고 이야기에 깊이를 주기 위한 사건과 이 사건을 통해 캐릭터의 내면, 외면에 생겨나는 변화를 적는다. 작품 규모와 캐릭터 숫자에 따라 사건의 숫자를 생각한다.

6. 스토리와 플롯

스토리는 간단한 줄거리이며, 플롯은 이를 단계별로 나누어 정리한 것을 가리킨다. 각 장별로 한 문장이라도 좋으니 간단히 적도록 하자. 반드시 결말까지 확실하게 정리해야 한다.

3

라이트 노벨의 역사

태초에 라이트 노벨이 있었다?

라이트 노벨이라는 명칭이 생긴 지는 고작 20년도 되지 않았다. 하지만 라이트 노벨을 철저한 상업성(독자의 바람?)에 맞추어 편집자와 작가가 함께 만들어낸 세계와 매력적인 캐릭터의 이야기라고 정의하면 라이트 노벨(캐릭터 소설)의 기원은 신화시대로 거슬러 올라갈 수도 있다.

오랜 옛날, 사람들은 자신들이 바라는 영웅의 모습을 창작자에게 바라며 이야기를 만들어달라고 했다. 헤라클레스, 페르세우스, 테세우스 같은 이상적인 영웅상은 그렇게 태어났으며, 그렇게 창조된 영웅(특히 헤라클레스)은 더욱 많은 이야기에서 활약하며 캐릭터로 정착되었다. 토르와 로키가 주역으로 많이 나오는 북유럽 이야기도 그와 같이 캐릭터를 내세운 스토리텔링의 일종이었다.

고대로부터 중세에 이르기까지, 문자를 사용할 수 없었던 사람들은[1] 음유 시인들에게 영웅의 이야기를 요구했고, 그들은 사람들의 요구에 맞는 캐릭터를 창조하고 그중 인기 있는 캐릭터의 이야기를 계속 늘려나갔다. 유럽에선 기사 모험담이 인기를 끌었고, 그중에서도 아서 왕과 랜슬럿 같은 캐릭터의 이야기는 항상 관심을 끌었다. 중국에선 『삼국지』 같은 전쟁 이야기가 인기가 있었는데, 특히 신앙의 대상이 될 정도였던 관우의 이야기는 모든 이야기꾼의 십팔번이기도 했다. 관우의 인기는 그 부하였던 주창이나 아들 관흥까지 인기 캐릭터로 격상시켰고, 실존 인물이 아니었던 캐릭터로서 관색이라는 아들을 창조하기에 이른다.

이처럼 고대부터 매력적인 캐릭터 이야기를 듣고 싶은 사람들의 마음은 창작자에게 영향을 주어 고대 세계의 라이트 노벨이라 할 만한 작품들을 낳았다. 이 작품들에서 활약한 캐릭터는 소설이나 이야기에 그치지 않고 연극을 통해 미디어화되었다.

이러한 작품이 책으로 제작되기도 했는데, 가격이 비싼 만큼 양반이나 무사와 같은 일부 귀족의 전유물이었던 책에는 거의 반드시 삽화가 들어갔다. 이를테면 일찍이 일본에서도 『겐지 이야기』 같은 대중 통속 작품이 훗날 삽화가 들

1. 서민들은 당연히 글자를 몰랐으며, 기사들은 글을 배우는 것이 나약한 행위라고 생각하기도 했다.

어간 버전으로 다시 제작되어 귀족들 사이에서 인기를 끌었다.

근대의 라이트 노벨

근대에 들어 인쇄술의 발달과 신문, 잡지의 등장으로 사람들이 창작의 공간을 얻게 되었고, 이야기를 볼 수 있는 환경이 갖추어졌다.

18~19세기, 유럽에서는 신문, 잡지를 기반으로 다양한 소설이 창작되었고, 희곡으로 바뀌어 무대에서 상영되었다. 알렉상드르 뒤마의 『삼총사』 시리즈, 아서 코난 도일의 '셜록 홈즈' 시리즈는 사실상 당대의 라이트 노벨이라고 부르기에 부족함이 없는 작품이었다.

이들은 모두 가공의 세계를 무대로 활약하는 캐릭터를 내세운 작품이었고, 캐릭터가 인기를 끌면서 속편이 끊임없이 만들어진 작품이기도 했다. 뒤마와 도일은 모두 다작 작가였고, 독자와 편집자의 요구에 따라서 캐릭터를 끝없이 계속 활용했던 작가였다.

심지어 도일은 셜록 홈즈의 인기에 부담을 느낀 나머지 그를 죽여버리는 이야기를 만들었지만, 결국 독자와 편집자의 요구에 따라 (그리고 엄청난 원고료의 유혹도 있어서) 그를 부활시키기에 이른다.

역사상 가장 성공한 캐릭터라고 할 수 있는 홈즈는, 심지어 다른 작가에 의해 재창조되기도 했다. 프랑스의 모리스 르블랑은 자신의 작품 '아르센 뤼팽' 시리즈에서 이 영국의 명탐정을 등장시켰는데(물론 허락은 맡지 않았다) 도일의 비난으로 '헐록 숌즈'라는 이름으로 바꿀 수밖에 없었다.[2]

그림 15 시드니 파젯의 셜록 홈즈 일러스트. 대중적인 셜록 홈즈의 모습에 큰 영향을 주었다.

홈즈는 연극, 영화 등으로 끊임없이 재창조되었고, 도일이 사망한 뒤엔 다른 작가에 의해 재창조되었다. 홈즈의 외전이 등장하고 현대를 무대로 재창조된 모습으로 나오기도 했다.[3] 팬들이 홈즈의 라이벌이라고 생각하는 뤼팽 역시 여러 차례 다시 만들어졌고, 심지어 일본에서 '루팡 3세'라는 손자 캐릭터가 등장하기도 했다.

같은 시기에 캐릭터 소설만 존재한 것은 아니었다. 쥘 베른처럼 캐릭터 소설이 아니라 과학적 설정을 기반으로 캐릭터가 아닌 이야기와 설정에 초점을 맞춘 작가도 있었다. 하지만 근대의 소설은 뒤마의 삼총사, 애드거 앨런 포의 뒤팽, 도일의 홈즈, 르블랑의 뤼팽, 애거서 크리스티의 포와로나 마플 같은 캐릭터 소설을 쓰는 작가로부터 시작되어 발전하

2. 이는 당시 저작권이 확실하게 정립되지 않았기 때문에 생긴 문제였다.

3. 영국 드라마 〈셜록〉이 대표적이다.

였고 인기를 끌었다.

이 소설들에는 거의 삽화가 있었는데, 당대의 유명한 삽화가가 창조한 이들 캐릭터의 모습은 이후 많은 작품에서 인용되며 캐릭터의 전형적인 모습으로 기억되었다.

SF와 판타지 소설의 등장

20세기 초, 펄프 매거진이 등장하면서 SF와 판타지 장르에서도 캐릭터 소설이 등장했다.

에드거 라이스 버로스의 '존 카터'와 '타잔', 로버트 하워드의 '코난' 같은 캐릭터는 화성 같은 우주와 고대 세계를 무대로 활약하면서 독자들을 열광하게 만들었고, 시리즈가 계속 등장하기에 이른다. 코난은 로버트 하워드가 자살로 일찍 사망하여 오래 이어지지 못했지만, 이후 여러 소설, 만화, 심지어 영화와 게임으로도 만들어지면서 캐릭터와 세계를 넓혀나갔다. 심지어 하워드 작품에서 단역으로 등장한 캐릭터를 다른 작가가 재활용하면서 '레드 소냐'라는 독자적인 시리즈물이 인기를 끌기도 했다.

현실을 무대로 활약한 셜록 홈즈와 달리, 존 카터나 코난은 가공의 세계를 무대로 함으로써 세계관 자체도 점차 확장되는 모습을 보여주었다. 로버트 하워드의 『야만인 코난』은 무수한 캐릭터와 설정이 추가되면서, 수많은 사용자가 함께 참여하여 즐기는 대규모 온라인 게임 〈에이지 오브 코

그림 16 코난의 세계를 무대로 한 온라인 게임 〈에이지 오브 코난〉. 작가가 창조한 캐릭터가 인기를 끌면서 세계가 넓어지고 다양한 설정이 추가되면서 이처럼 게임으로 완성되기도 한다.

난〉이 나오기도 했다.

코난과 존 카터, 타잔과 같은 캐릭터는 이후 다양한 작품에 영감을 주었으며, DC 코믹스 등의 슈퍼히어로 캐릭터에도 영향을 주어 캐릭터를 중심으로 한 콘텐츠 문화의 발전을 낳았다.

라이트 노벨의 성장

1938년 미국의 디텍티브 코믹스(훗날 DC 코믹스)에서 '슈퍼맨'이라는 캐릭터를 주역으로 한 그래픽 노블을 선보였다. 최초의 가장 대중적인 슈퍼히어로 캐릭터였던 슈퍼맨은 이후 다양한 작가에 의해 재창작되어 활약했고, 지금까지도 미국 문화를 대표하는 캐릭터로 인기를 끌고 있다. 슈퍼맨을 비롯한 미국 만화의 영웅 캐릭터들은 한 명의 작가가 기획하여 만드는 것이 아니라, 여러 명의 기획자가 함께 참여하여 방향성을 정하고 캐릭터를 만들어내는 방식으로 탄생했다. 그리고 해당 캐릭터를 회사가 소유하고 여러 작가가 제각각 작품을 만들어내게 하여 하나의 캐릭터를 기반으로 많은 작품이 양산되기에 이른다.

일본에서는 1952년 데즈카 오사무의 『우주소년 아톰』을 시작으로 캐릭터를 중심으로 한 장편 만화가 인기를 끌었다. 미국과 달리 일본에서는 작가 개인이 캐릭터와 이야기를 만드는 방식이었지만, 잡지 연재 과정에서 편집자가 적극 참여하여 작가와 함께 만화를 만드는 시스템이 발전하게 된다.

미국이나 일본의 SF 분야에서 잡지 편집장이 주도적으로 작가들의 창작 활동에 개입하여 방향성을 정하고 작품 자체 성격도 바꾸게 했듯이, 일본의 여러 만화 잡지는 잡지 전체의 방향성에 맞추어 편집자와 작가가 의견을 나누고 기획 회의를 거쳐서 작품을 만들어낸다. 잡지마다 전체적인 성격만이 아니라, 특정한 소재를 어느 정도 비율로 만들 것인가도 결정되어 있기 때문에(가령 전체 작품 중 스포츠 만화는 몇 개라는 비율이 있다) 편집자와 작가는 해당 소재에 맞추어 이야기를 구성해야 했다.

이와 같은 시스템은 작가 개인의 창조성에 어느 정도 제약을 가하여 개성적이고 독특한 작품이 나올 가능성을 낮추

었지만, 작품의 완성도를 어느 정도 안정적으로 유지할 수 있게 했고, 작가 홀로 모든 것을 생각해야 하는 부담을 줄여줬다.

이러한 편집 시스템이 소설 쪽에 도입되면서 라이트 노벨에서도 비교적 완성도 높은 작품이 꾸준히 나와 인기를 끌 수 있는 가능성이 생겼다.

최초의 라이트 노벨이 어떤 작품인지에 대해서는 사람마다 의견이 다를 수 있다. 앞서 소개했듯이 세계와 캐릭터를 정립하고 이를 계속 이어나간다는 성격만 생각할 경우 신화시대로 거슬러 올라갈 수도 있으며, 독특한 내용 면에서는 일찍이 『도구라 마구라』 같은 작품이 최초로 여겨질 수도 있다. 1인칭 시점을 중심으로 만화의 대사에 가까운 박자 감각과 짧고 간결한 구성을 중심으로 생각한다면, 아라이 모토코의 작품이나 그녀가 영향을 받은 구어체 소설 등을 시초로 생각해볼 수도 있을 것이다.

어느 쪽이건 라이트 노벨은 『우주전함 야마토』나 『기동전사 건담』처럼 청소년층이 열광할 수 있는 애니메이션이 등장하고 TRPG를 시작으로 가공의 세계를 체험할 수 있는 환경이 갖추어지면서 미디어를 중심으로 생겨난 오타쿠 문화와 함께 본격적으로 발전했다. 여기에 아동 시장을 넘어 청소년층을 노리던 문학계 출판사와 만화나 애니메이션을 넘어 소설 쪽에도 진출하고 싶었던 미디어 계열 출판사

그림 17 어린이만이 아니라 청소년층 이상에서도 호평받은 『우주전함 야마토』

들의 의도, 그리고 오랜 기간 축적된 만화 잡지에서의 편집 시스템이 연결되면서 일본만의 라이트 노벨이라는 시스템이 탄생한 것이다.[4]

라이트 노벨은 처음부터 시장 친화적이었고 상업적인 작품이었다. 작가주의와 편집 시스템이 결합된 일본 만화처럼 명확한 방향성을 갖고 독자를 염두에 둔 기획으로 시작하여 발전한 체제인 것이다.

이처럼 라이트 노벨이 작가주의보다는 기획 제작 형태로 발전하게 된 것은, 애니메이션 각본가와 게임 시나리오 작가처럼 전문 소설가가 아닌 사람들도 적극적으로 참여하는 형태로 진행되었기 때문이기도 하다. 홀로 소설을 쓰기보다는 여럿이 팀을 이루어 기획하고 만들어나가는 과정에 익숙했던 이들이 소설이라는 생소한 분야에 도전하면서 기존에 익숙한 팀 기획 시스템과 유사한 만화 편집 시스템을 받아들였던 것이다.

---

4. 미국에서 TRPG가 등장하고 '스타 트렉'이나 '스타워즈' 시리즈처럼 청소년층이 함께 즐길 수 있는 영상 작품이 인기를 끌면서 영어덜트 소설이 급격하게 성장한 것과도 비슷하다.

이들은 글쓰기에서도 소설보다는 자신들이 익숙한 만화나 애니메이션을 따르는 경향을 보이면서 라이트 노벨의 한 가지 성향을 만들어간다. 실례로 유명 작가 중 하나였던 아카호리 사토루는 당시 만화, 애니메이션에서 친숙한 소재와 요소를 적극적으로 발굴하여 라이트 노벨의 다양화에 이바지했다. 여기에 만화처럼 의성어와 의태어를 적극적으로 사용하고 내용에 따라 문자 크기를 바꾸는 등 시각적 요소를 높인 스타일을 만들게 되는데, 이것이 당시 일본 라이트 노벨이나 한국 판타지 소설에도 널리 보급되어 라이트 노벨만의 독특한 연출 스타일을 낳았다.

라이트 노벨의 확장

1986년, 가도카와 그룹에서는 '판타지 페어'라는 기획을 진행한다. 이는 소노라마 문고처럼 쥬브나일 소설이 인기를 끈 것에 착안한 기획이었다. 소노라마를 만든 아사히와 달리 문학 출판이 아니라 만화, 영화, 애니메이션 기획을 함께 진행하던 가도카와는 기존의 유명 작가가 아니라 젊은 신진 작가를 내세우고, 만화나 애니메이션풍 삽화를 넣은 소설을 준비했다. 인기 작가인 다나카 요시키의 『아르슬란 전기』, 히우라 코우의 『미래방랑 가르딘』 등의 작품을 내세운 이 기획은 예상 밖의 성공을 거두었고, 이후 가도카와는 이와 같은 장르 출판을 계속 추진하게 된다.

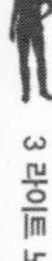

1980년대 후반, 가도카와는 '가도카와 스니커 문고'(가도카와쇼텐), '후지미 판타지아 문고'(후지미쇼보), '전격문고'(아스키미디어웍스) 등을 기획, 제작하는 동시에, 이들 소설을 주역으로 한 잡지 〈드래곤 매거진〉을 선보인다. 애니메이션을 중심으로 한 종합 엔터테인먼트 회사로서의 성격이 강했던 가도카와는 소설 단독이 아니라, 이를 연계한 종합 미디어 기획을 진행하여 일찍부터 만화, 애니메이션, 게임 등으로 상품을 넓혀갔다.

『아르슬란 전기』의 극장판과 『로도스도 전기』의 OVA을 시작으로 『슬레이어즈』 『마술사 오펜』처럼 인기 소설들의 만화, 애니메이션, 게임 상품이 쏟아져 나왔고, 게임 잡지인 〈콤프티크〉, 애니메이션 잡지인 〈뉴타입〉 같은 잡지와도 연계하여 다양한 기획이 진행되었다.[5]

가도카와는 1987년 가도카와 스니커 문고를 시작으로 1998년 '패미통 문고'에 이르기까지 라이트 노벨의 주력 브랜드를 제작하여 이끌었다. 소설에만 머무르지 않고 다양한 미디어와 연계하여 만화 원작자, 애니메이션 각본가, 게임 시나리오 작가에 이르기까지 폭넓은 분야의 작가를 기용하고, 적극적으로 신인을 끌어들이는 가도카와의 전략은 라이트 노벨이라는 새로운 바람을 이끌었으며, 이를 중심

5. 실례로 가도카와 계열의 라이트 노벨 브랜드에서는 〈콤프티크〉 같은 잡지에 연재된 작품도 다수 출간되었으며, 그만큼 게임 시나리오 출신의 작가도 많았다.

으로 다양한 미디어 산업을 발전시켰다. 애니메이션, 게임 분야에서 폭넓은 활약을 했고[6] 이후 라이트 노벨이 소설보다는 만화에 가까운 성격을 보이며 다양한 미디어로 적극 진출하는 데 일조했다.

그림 18 『슬레이어즈』와 함께 라이트 노벨의 판타지 붐을 일으킨 『마술사 오펜』

한국의 라이트 노벨

라이트 노벨은 일본의 독특한 미디어 문화에서 태어나서 성장한 작품이지만 만화, 애니메이션과 함께 한국이나 대만, 근래에는 중국에까지 영향을 주며 새로운 문화로서 성장하고 있다.

일본에서는 매우 오래전부터 인기를 끌며 1990년대 초반부터 폭발적으로 발전한 라이트 노벨이지만, 한국이나 대만 같은 나라에서 시장이 형성된 것은 비교적 최근의 일이다.

1990년대 초반, 한국에서는 대원씨아이나 학산문화사처럼 주로 일본 만화를 수입하여 판매하던 회사에서 『슬레이어즈』나 『폭렬헌터』와 같이 당시 일본에서 인기 끌던 라이트 노벨 작품을 번역해서 소개했지만, 별로 관심을 끌지 못

6. 가도카와가 라이트 노벨에 적극적으로 뛰어든 것은 슈에이샤나 고단샤 같은 회사와 달리 만화, 소설 쪽의 입지가 약했기 때문이기도 하다.

하고 사라졌다.

당시 '판타지 문고' 등의 이름으로 출간되었던 이들 작품이 관심을 얻지 못한 것은 아직 판타지가 대중적인 문화가 아닌 이유도 있었지만, 일본의 문고판처럼 손바닥에 들어갈 만한 작은 크기에 비해 가격이 비쌀 뿐만 아니라 라이트 노벨에 흥미를 불러일으킬 수 있는 일본 만화와 애니메이션이 대중화되지 못한 데에도 원인이 있었다.

그림 19 라이트 노벨만이 아니라 한국의 판타지 문화에도 큰 영향을 준 『슬레이어즈』

예를 들어 『슬레이어즈』는 훗날 애니메이션으로 선풍적인 인기를 끌며 한국 판타지 문화에 큰 영향을 준 작품이지만, 라이트 노벨이 처음 소개된 시점에서는 애니메이션이 나오지 않았기에 당시 독자들에겐 좀 특이한 이야기 정도로만 인식되었다.

한국이나 대만에서 라이트 노벨이 관심을 얻게 된 것은 1990년대 후반, TV에서 『슬레이어즈』 같은 작품이 애니메이션으로 소개되고, PC통신의 발전으로 여러 애니메이션 작품이 소개된 이후의 일이다.

첫 시도와 마찬가지로 대원씨아이, 서울문화사 등 일본 만화 수입사를 중심으로 라이트 노벨이 다시 소개되었고,

이들은 기존과 달리 한국의 코믹스 크기로 제작되며 인기를 끌었다. 그중에서도 라이트 노벨의 주력사인 가도카와(후지미 판타지아 문고 등)와 계약을 하여 『슬레이어즈』 『마술사 오펜』 같은 작품을 선보인 대원씨아이의 NT노벨은 애니메이션의 인기와 함께 화제를 모았다. 그 영향으로 한국에서는 NT노벨이라는 말이 사실상 라이트 노벨을 가리키는 말로 정착하기에 이른다.

인터넷의 등장과 함께 일본의 애니메이션을 거의 동시에 볼 수 있게 되면서 라이트 노벨의 인기는 더욱 높아졌다. 비록 모든 작품이 화제를 모으지는 못했지만, 2000년대 중반에는 『스즈미야 하루히의 우울』 같은 작품이 한국에서도 베스트셀러에 오르면서 많은 회사가 라이트 노벨 시장에 뛰어들었다. 이는 라이트 노벨의 번역비가 상대적으로 낮을 뿐만 아니라, 대여점을 거치지 않고 서점 유통을 중심으로 하는 만큼 이익률이 높기 때문이기도 했다.[7]

라이트 노벨의 인기를 바탕으로 한국에서도 번역 작품이 아닌 창작 라이트 노벨이 등장하기 시작했다. 2007년 창작 판타지 출판사였던 디앤씨미디어에서는 '시드노벨'이라

---

7. 한국에서 대여점은 만화와 판타지 시장의 성장에 큰 영향을 주었지만, 동시에 지나치게 많은 일본 만화가 쏟아져 들어오면서 창작 만화의 성장이 저해되고 저질 작품이 양산되는 등 시장을 왜곡한 원인이 되기도 했다. 반면 라이트 노벨은 처음부터 대여점 시장과 총판에서의 반품 등을 염두에 두지 않는 공급 정책을 통해 서점 중심으로 유통되면서 판매 체제가 더 자연스럽게 정착되었다.

그림 20 「스즈미야 하루히의 우울」. 학교를 무대로 한 일상적인 이야기에 SF 설정을 뒤섞은 독특한 소재로 화제를 모았다.

는 브랜드를 만들고 라이트 노벨 창작 시장에 본격적으로 진출했다. 반재원의 『초인동맹에 어서오세요』, 오트슨의 『미얄의 추천』, 임달영의 『유령왕』처럼 장르 작가가 창작한 시드노벨 작품은 일본 라이트 노벨처럼 편집자와의 협력 체제를 바탕으로 일본풍을 계승한 구조와 형태를 갖추어 라이트 노벨에 익숙한 독자들에게 인기를 끌었다. 시드노벨 이후 여러 출판사에서 독자적인 창작 라이트 노벨을 선보였지만, 시드노벨과 노블엔진 외에는 별로 성공하지 못했다.

시드노벨과 노블엔진의 성공은 일본의 라이트 노벨과 유사한 형태로 만들었기 때문이다. 이들 브랜드에서 나오는 작품은 소재나 내용만이 아니라 구성까지도 일본의 라이트 노벨과 큰 차이가 없기 때문에, 그만큼 기존의 라이트 노벨 독자들에게 친근하게 다가왔다. 비교적 근래에 시작한 V노블(이미지 프레임) 같은 브랜드에서 조금씩 선보이는 한국 작가의 작품은 일본 라이트 노벨과 많이 닮아 있다. 심지어 일부 작품의 표지와 삽화를 일본 원화가에게 맡기는 사례도 있다.

이처럼 한국의 라이트 노벨은 일본 스타일과 체제를 본받아서 꾸준히 성장하고 있다. 그 규모는 대여점 감소로 축소된 판타지 장르 시장보다도 크다고 볼 수 있으며, 근래에는 웹 연재를 병행하는 등 다양한 시도로 인기를 이어나가고 있다.

한 가지 아쉬운 것은 일본과 달리 만화나 애니메이션, 게임 등과 연계한 원소스 멀티유스 기획이 별로 이루어지지 않는다는 점이다. 근래 들어 시드노벨을 중심으로 『나와 호랑이님』 『나와 그녀와 그녀와 그녀의 건전하지 못한 관계』 같은 작품을 웹툰으로 진행하고 있지만, 별로 눈에 띄지는 않는다. 노블엔진 등에서도 웹툰 기획을 시도했으나, 대개는 프롤로그나 부록 형식으로 짧게 제작한 것이 대부분이다.

이는 한국이 아동 시장을 제외하면 미디어 믹스를 별로 추진하지 않기 때문이기도 하고, 시드노벨이나 노블엔진 같은 라이트 노벨 창작 브랜드 출판사들이 다른 분야에 진출할 만큼 큰 회사가 아니라는 점에도 이유가 있다. 또한 한국 라이트 노벨 시장이 한국 소설 분야에서는 꽤 크지만, 만화, 게임 업계가 관심을 기울일 만큼 크지는 않다는 것도 문제이다.[8]

---

8. 한국 소설 중에서 게임으로 만들어진 것은 『드래곤 라자』를 제외하면 손꼽을 정도이며, 그 반대도 마찬가지이다. 소재 발굴에 여념이 없는 게임 업계에서 라이트 노벨 같은 한국 소설에 관심을 보이지 않는 것은 자체 아이디어를 중시하는 면도 있지만, 그만큼 한국 소설의 영향력이 (특히 게임 업계에서 중시하는 중국 등 외국 시장에서의 영향력이) 작기 때

실례로 현재 시드노벨의 최고 인기작인 『초인동맹에 어서오세요』 같은 작품조차 만화, 애니메이션은 고사하고 게임화도 이루어져 있지 않다. 라이트 노벨이 미디어를 기반으로 확장 가능성이 높은 만큼, 애니메이션이나 대형 게임으로 만들기 어렵다면 라디오 드라마, 소형의 인디 게임으로라도 시도해보는 편이 좋을 것이다.

한국 라이트 노벨은 전자책으로 출판되는 사례도 별로 없으며, 외국 진출은 더욱더 잘 이루어지지 않는다. 과거에 인터넷 소설로 인기 높았던 귀여니 같은 작가의 작품이 중국에서 상당한 성공을 거두었을 뿐만 아니라, 일본 애니메이션, 만화 팬을 중심으로 라이트 노벨이 관심을 모으고 있고, 한국의 아동용 애니메이션이 보편적인 인기를 누리는 것을 생각할 때, 라이트 노벨도 대만이나 중국 등에 진출하는 길을 모색할 필요가 있다. 이를 위해서는 출판사의 적극적인 영업 노력도 필요하지만, 현지에서 팬이 자생할 수 있도록 게임 같은 미디어와 연계하여 소개하는 것도 한 방법이다. 한편으로 트레저 헌터물이나 청소년 모험, 과학 추리물처럼 중국 시장에서 보편적으로 인기를 끄는 (동시에 규제 대상이 될 가능성이 낮은) 소재를 이용하여 접근하는 것도 괜찮은 방법이다.

문이기도 하다.

중화권의 라이트 노벨

그림 21 초여명에서 출간한 『초인동맹 TRPG』

라이트 노벨은 대만 같은 중국어권에서도 관심을 모으고 있다.

대만은 한국과 비슷하게 일찍부터 대여점이 보급되어 일본 만화의 유입이 많았던 나라이다. 한국과 마찬가지로 일본의 지배를 받은 점도 있었기에 일본 문화가 쉽게 들어왔고, 일본의 만화, 애니메이션, 게임을 즐기는 사람도 많다.

그만큼 대만은 일찍부터 일본의 라이트 노벨이 번역되어 소개되었고 인기를 끌었다. 한국처럼 여러 출판사에서 경쟁적으로 일본 작품을 출간했지만, 근래에는 대만에서도 라이트 노벨 창작이 이루어지고 있다.

중국에서도 대만 정도는 아니지만, 일찍부터 일본 만화나 애니메이션이 유입되어 소개되었다. 『드래곤볼』을 필두로, 『세인트 세이야』『도라에몽』『달의 요정 세일러문』 등의 작품이 초등학생을 중심으로 인기를 끌었고, 고정 팬들이 형성되었다. 21세기에 들어서도 『명탐정 코난』『나루토』 같은 작품에 이어 여러 작품이 인기를 이어나갔다. 하지만 이들은 남녀노소를 가리지 않고 보편적으로 인기를 끄는 작품으로서 이 작품의 팬들이 라이트 노벨에 관심을 둔

것은 아니었다.

중국에서 일본의 라이트 노벨이 화제를 모으게 된 것은 네트워크를 통하여 『스즈미야 하루히의 우울』 같은 작품이 유입되고 이를 통해 중국에서도 오타쿠라고 할 만한 이들이 늘어났기 때문이다. 이들을 중심으로 일본의 라이트 노벨을 사서 보는 독자들이 늘어났고, 상당히 많은 작품이 번역되어 소개되었다. 나아가 근래에는 중국의 창작 라이트 노벨도 조금씩이나마 선보이게 되었다.

중국에서 라이트 노벨은 주로 신흥 오타쿠층을 중심으로 일본 애니메이션과 함께 묶여서 소비되는 경향이 강하다. 그만큼 일반 소설과는 독자층이 다르다. 물론 일본에서 인기 높은 작품이 화제를 모으고 있지만, 가볍게 읽을 수 있는 연애물보다는 『소드 아트 온라인』이나 『오버로드』처럼 좀 더 세계관이 명확한 작품이 인기를 끄는 경향이 많다. 특히 근래에는 인터넷을 통한 연재가 많은 만큼, 게임 소설이나 다른 세계 모험물, 전생물이 눈에 띈다. 중국에서 3,000만 부 이상 판매되어 근래에 일본에 번역된 소설 『전직고수』(일본 발간명 『마스터 오브 스킬』) 역시 이런 작품 중 하나이다.

일본 문화에 대한 규제[9]나 기타 여러 가지 이유로, 무엇보

---

9. 중국은 정책적으로 문화부와 선전부를 이용하여 문화 작품에 대한 규제를 가하는 경향이 있다. 근래에는 일본 애니메이션에 대한 규제 외에도, 중국 내 작품 중 보이즈 러브 작품을 규제하고 있으며, 이와 함께 '잘못된 역사를 가르친다는 이유'로 가상 역사 작품을 규제하고 있다. 특히 중국 정부에서 '허황된 작품'이라 여기는 판타지 장르가 규제 대

다도 오타쿠라는 마니아 집단의 향유물이라는 점에서, 중국에서 라이트 노벨을 접하는 것은 쉬운 일이 아니다. 하지만 중국 오타쿠 사이에서는 게임보다 라이트 노벨이 더 화제를 모으는 경향이 있다(게임보다 더 대중적인 것은 아니다).

그림 22 일본에서 번역되어 나온 중국 라이트 노벨 『전직고수』

중국과 일본의 관계 악화 시기마다 영향을 받긴 했지만, 라이트 노벨은 애초에 상대적으로 인기가 떨어지는 만큼, 중국의 일본 문화 규제에 영향을 덜 받는 측면도 있다. 2015년 6월, 애니메이션 〈명탐정 코난〉을 '범죄의 교과서'라는 이유로, 〈달의 요정 세일러문〉은 선정적이라, 〈데스노트〉 〈진격의 거인〉 같은 작품 수십 편을 폭력적이거나 저속하다는 이유로 유해 대상으로 지정한 일이 있었다.[10] 반대로 한정된 팬층을 가진 라이트 노벨은 저속함이나 폭력 등에 대한 규제를 제외하면 크게 문화적 규제를 받지 않는 편이고 꾸준히 독자층을 늘려 나가고 있다.

상이 되는 일이 많다.

10. 근래에는 〈도라에몽〉 극장판이 중국에서 큰 성공을 거두고(이를 중국과 일본의 관계가 호전되는 증거라고 하는 주장도 있다), 〈세인트 세이야〉 〈명탐정 코난〉의 극장판도 화제를 모았지만, 아직 일본 애니메이션, 만화의 해금에는 시간이 걸릴 것으로 보인다.

여기에 오랜 역사를 가진 인터넷 소설을 중심으로 창작 작품이 화제를 모으며 중국 라이트 노벨 시장은 더욱 커지고 있다. 중국에서 대중 독자들에게는 라이트 노벨보다는 중국의 영어덜트 소설이라고 할 만한 청소년 소설의 인기가 더 높은 편이다. 이들은 주로 중국 청소년에게 인기가 좋은 모험, 추리 그리고 로맨스 소재 작품이 많으며, 네트워크만이 아니라 잡지 등을 통해서도 꾸준히 성장하고 있다. 실례로 청소년 소설 작가 중엔 작가로서의 수입을 기반으로 청소년 소설 잡지를 만들어 운영하는 사람도 있으며, 로맨스물을 중심으로 하는 여성 독자 대상의 잡지, 어린이 독자를 위한 문학 잡지 등 어린이, 청소년을 위한 다양한 매체가 생겨나며 시장이 확대되고 있다.

중국에서 일본 라이트 노벨의 영향력은 오타쿠 중심으로 형성돼 있어 아직 크지는 않지만, 독자는 결코 적지 않다. 규제나 문화적 제약에도 불구하고 애니메이션 팬을 중심으로 독자를 늘려나가고 있으며, 라이트 노벨 원작의 애니메이션과 함께 급격하게 성장하고 있다.

중국의 라이트 노벨 시장은 시작에 불과하지만 그만큼 가능성이 높다. 시장 규모나 독서율이 비교적 높은 현실을 생각할 때 일본 이상의 잠재력이 있으며, 장르 소설의 독자가 급격하게 증가하는 만큼 라이트 노벨 역시 성장하며 확고한 자리를 얻을 수 있으리라 예상된다.

대만과 중국의 시장은 한국 작가와 출판사가 진출할 좋은 무대이다. 비록 일본처럼 애니메이션의 후방 지원은 없기는 해도, 게임 소설이나 전생물처럼 일본과 중국, 한국에서 보편적으로 인기를 끄는 소재라면 비교적 쉽게 접근할 수 있을 것으로 예상된다. 이미 웹소설 쪽에서 중국 진출을 진행하고 있지만, 웹소설은 중국의 작품도 워낙 많은 만큼 쉽지 않은 게 현실이다. 반면 책으로서의 라이트 노벨은 어느 정도 차별화된 콘텐츠로서 진출을 모색해볼 수 있을 것이다(국가주의 영향이 비교적 약하고 외국 문물에 개방적인 SF 분야로 접근하는 것도 한 가지 방법일 것이다).

그림 23 중국의 청소년 장르 문학 잡지, 〈최소설(Zui)〉. 이러한 잡지가 꾸준히 늘어나고 있다.

라이트 노벨의 현재

2017년 현재도 라이트 노벨의 인기는 계속된다. 전자책 시장과 스마트폰의 성장으로 도서 판매량은 전반적으로 줄어들고 있지만, 라이트 노벨의 시장 규모는 크게 줄지 않았으며 특히 전자책 분야에서 급격한 성장세를 보여주고 있다.

전체 시장의 증가세보다 눈에 띄는 것은 라이트 노벨의 출간 종수가 급격하게 증가하고 있다는 점이다. 기존 작가

의 활동은 물론,[11] 새로운 작가가 발굴되어 작품을 내는 사례가 늘어나고 있으며, 라이트 노벨이 처음 등장하던 시기와 달리 기성 작가보다는 신인들의 작품이 더 인기를 끄는 것도 주목할 만하다. 그로 인해 경쟁이 심해진 점에서 레드 오션이라고 불리지만, 그만큼 쉽게 작가로서 활동할 수 있다는 뜻이기도 하다.

라이트 노벨 시장은 꾸준히 이어지는 동시에 그 내부에서는 많은 변화가 보인다. 가장 주목할 만 한 점은, 과거에 라이트 노벨 작가가 각 브랜드의 신인상을 통해 발굴되었다면 근래의 신인 작가들은 '소설가가 되자'[12] 같은 인터넷의 창작 난을 통해서 발굴되고 있다는 점이다. 여러 편의 애니메이션이 만들어질 정도로 인기를 끈 『소드 아트 온라인』이나 『로그 호라이즌』 같은 작품을 시작으로 『던전에서 만남을 추구하면 안 되는 걸까』 『전생했더니 슬라임이었던 건에 대하여』 『오버로드』처럼 최근 라이트 노벨 시장에서 인기를 끄는 작품은 모두 인터넷을 통해 연재된 작품이었다. 이에 따라 작품 주제 역시 네트워크와 관련된 것이나 전생물 같은 것이 눈길을 끌고 있다.

이처럼 신인 작가가 인터넷을 통해 등장하면서 창작, 편

---

11. 기존 작가의 신작도 있지만, 아키타 요시노부의 『마술사 오펜』의 속편이 2011년부터 재개되고, 2006년 이래 중단되었던 쿠라타 히데유키의 『R.O.D.』가 다시 시작되는 등 기존의 인기작을 재시작하는 사례가 늘어나고 있다.

12. http://syosetu.com

집 과정에도 많은 변화가 있었다. 일찍이 라이트 노벨은 만화 편집 과정처럼 편집자와 작가가 함께 기획하여 만드는 사례가 많았지만, 인터넷 연재를 기반으로 한 현재는 작가 개인의 독자적인 창작으로 진행되기 때문이다. 연재 작품이 실제 책으로 옮겨질 때는 편집에 따른 조정[13]을 거치는 경우도 많다.

한편으로 신생 회사인 알파폴리스의 『게이트』, 고단샤의 『전생했더니 슬라임이었던 건에 대하여』처럼 가도카와 계열이 아닌 브랜드 작품 비중이 조금씩 높아지는 것도 눈에 띈다(가도카와 내에서도 『오버로드』(엔터브레인)처럼 기존의 라이트 노벨 브랜드 이외에서 나온 작품이 눈에 띈다).

가도카와의 라이트 노벨은 〈드래곤 매거진〉〈전격 G's 매거진〉 같은 잡지를 통해 소개되고, 만화, 애니메이션으로 연계하는 방식으로 화제를 모으며 사실상 라이트 노벨 시장을 장악했다. 하지만 인터넷을 통해 소개된 소설이 중심이 되면서 가도카와 시스템에서 벗어난 작품이 점차 늘어나며 시장도 다변화하고 있다.

한국에서도 웹소설의 확산과 함께 출간 방식에 변화가 일어나고 있다. 종래의 라이트 노벨이 완성된 형태의 책으로 만들어져 소개되었던 것과 달리, 현재는 북팔, 네이버 웹소설, 카카오 스토리 같은 매체를 통하여 먼저 연재되고 나

---

13. 이에 따라 라이트 노벨의 소재와 구성도 매우 다양해졌다.

중에 편집되어 나오는 사례가 늘어나고 있다.[14] 한 권 단위로 이야기가 끊어지지 않고 계속 이어지는 형태로 나오는 경우도 증가하면서 라이트 노벨보다는 PC통신에서 시작된 판타지 시장의 형태에 더 가까워지는 느낌이다. 동시에 글의 형식에서도 네이버 웹소설에서처럼 말하고 있는 캐릭터의 얼굴 모습을 표현하는 것처럼 소설보다 만화, 애니메이션에 더 가까워진 느낌을 준다.

그림 24 최근 애니메이션 제작으로 화제를 모은 『오버로드』. 이처럼 애니메이션을 통해 인기몰이를 하는 사례가 많다.

소재에서도 전통적인 판타지, SF만이 아니라 더욱 다양한 아이디어가 결합되어 여러 작품이 등장하고 있다. 라이트 노벨 독자들 사이에서는 미소녀 캐릭터를 내세운, 속칭 모에 계열 작품이 지나치게 많다는 것에 불만이 많지만, 실제 출간되는 작품의 비율을 볼 때 미소녀 캐릭터가 중심인 작품은 예상만큼 많지 않다. 실례로 현재 판매 상위권인 『오버로드』 같은 작품은 아예 애니메이션풍 표지나 삽화를 사용하지 않았으며 웹 연재를 통해 소설이 나오고 있다. 만화, 게임 등으로 소개된 『어떤 아저씨의 VRMMO 활동기』 같은

---

14. 실례로 시드노벨의 인기작 중 하나인 『초인동맹에 어서오세요』가 카카오스토리를 통해서 사전 연재되어 출간되고 있다.

작품에 이르면 아예 주인공이 30대 청년으로 설정되기도 한다(여성 취향의 라이트 노벨이 아닌 이상 주인공은 독자층과 같은 청소년이나 청년으로 설정하는 게 일반적이다). 이들 작품에서도 미소녀 캐릭터가 등장하거나, 속칭 하렘 설정을 도입하는 것은 사실이지만 이러한 설정에만 집중하는 것은 아니다.

라이트 노벨이라고 함께 묶어서 이야기하지만, 그중에는 오노 후유미의 『십이국기』처럼 라이트 노벨 브랜드에서 처음 나왔다가 이후 일반 소설 브랜드에서 다시 나오는 작품도 있으며, 반대로 미야베 미유키의 『브레이브 스토리』처럼 일반 문학 작가들이 창작하는 작품도 많다(라이트 노벨 작가가 SF나 판타지 또는 미스터리 분야의 일반 소설 분야에서 활동하는 일도 계속되고 있다). 근래에는 일본의 SF상 중 하나인 성운상에서 라이트 노벨 작품이 선정되는 일이 꽤 있는데, 이 역시 라이트 노벨이 그만큼 다양화되고 발전하고 있다는 증거이다.

한국에서 나오는 작품에서는 모에 속성의 비율이 일본보다 훨씬 많으며, 미디어로 연계되는 경우가 부족해서인지 소설 자체를 미디어로서 인식하며 받아들이는 경향이 있다. 표지 그림만이 아니라 내부 삽화가 어느 정도 많은지가 중요하며(많은 라이트 노벨은 페이지 전체에 걸쳐 삽화를 넣고 있는 만큼, 비닐이 싸인 상태로 옆에서 보기만 해도 삽화의 양을 대략 알 수 있다) 글을 쓰는 방식이나 연출도 더욱 만화 스타일에 가깝다.

그런 점에서 볼 때, 현재는 일본의 '라이트 노벨'이라 부

그림 25 만화에 이어 게임으로 제작된 〈어떤 아저씨의 VRMMO 활동기〉

르는 작품보다 한국의 작품이 전통적인 만화, 애니메이션 풍의 라이트 노벨에 더 가깝게 느껴지기도 한다.

심지어 V노블의 『왕립육군 로빈중대』처럼 한국 작가 작품에서 일본 일러스트레이터를 기용하여 삽화를 그리는 사례가 늘어나고 있어 적어도 외형만으로 볼 때 한국과 일본 작품을 구분하기가 어렵다.

앞으로의 라이트 노벨

일본 오타쿠 문화와 시장의 수요가 오랜 전통을 가진 만화 편집 시스템과 결합하여 탄생한 라이트 노벨은 처음부터 독자의 바람에 맞추어 만들어진 분야로서, 독자의 바람과 함께 발전하고 변화해왔다.

라이트 노벨의 주요 구매층이 만화, 애니메이션 세대인 만큼 라이트 노벨은 이들의 요구에 맞추어 성장하였고, 그들에 의해서 창작된다. 소설에 만화, 애니메이션 삽화를 도입하고, 만화 연재나 라디오 드라마를 거쳐, 애니메이션이

라이트 노벨의 제목

그림 26 긴 제목을 자랑하는 『던전에서 만남을 추구하면 안 되는 걸까』

모든 작품이 그렇듯, 라이트 노벨도 특이한 제목으로 흥미를 끌려는 경향이 있다. '뭔가를 물리치는 자들이니까 슬레이어, 복수형이니까 슬레이어즈'라는 식으로 이름을 지은 작품도 있지만, 대개 작품의 개성과 특징을 잘 드러내는 형태로 이름을 고르곤 한다.

라이트 노벨의 제목과 관련하여 작품의 제목이 점점 길어지는 경향이 있다. 『전생했더니 슬라임이었던 건에 대하여』 『던전에서 만남을 추구하면 안 되는 걸까』 『역시 내 청춘 러브코메디는 잘못됐다』처럼 작품에서 일어난 상황을 그대로 표현하면서 긴 제목의 작품이 증가하고 있다. 그래서인지 앞으로의 라이트 노벨은 더욱더 제목이 길어지리라는 의견도 나온다.

짧고 강렬한 제목을 선호하는 만화와 달리 라이트 노벨의 제목이 길어지는 것은, 일본의 만화가 주로 잡지를 통해 소개되고 인기를 끄는 것과 달리 라이트 노벨은 단행본 자체로 승부를 거는 경우가 더 많기 때문이다. 〈드래곤 매거진〉 같은 잡지에 소개되는 작품도 있지만, 라이트 노벨 대부분은 바로 단행본으로 선보이며 그만큼 대중의 눈에 띌 가능성이 낮다.

수많은 작품이 쏟아져 나오는 가운데 조금이라도 눈에 띌 수 있도록 라이트 노벨은 표지부터 내용까지 매우 자극적으로 구성하는 작품이 많은데, 긴 제목은 그러한 특이한 내용을 조금이라도 부각하고 싶은 작가와 편집자의 노력이라고 볼 수 있다.

다만 제목이 길어지는 것은 라이트 노벨의 전반적인 경향이 아니며, 제목이 계속 길어지는 것도 아니다. 실제로 2016년도의 『이 라이트 노벨이 대단해!』 순위를 볼 때 이렇게 긴 제목을 사용한 것은

10작품 중 3작품에 불과하며 랭킹에 속한 긴 제목 작품은 『이 라이트 노벨이 대단해!』가 처음 시작된 2005년 이후 매년 2, 3편 정도로 유지되고 있다.

아마존 등의 인기 판매 순위에서도 긴 제목의 라이트 노벨은 많지 않다. 상위권만이 아니라 라이트 노벨 신작 중에서도 긴 제목의 작품은 별로 눈에 띄지 않는다.

근래에는 '소설가가 되자' 같은 인터넷 사이트를 통해서 인기를 끄는 작품도 많은 만큼 도리어 짧고 기억하기 쉬운 제목으로 화제를 모으려는 작품도 늘어나고 있다.

그림 27 2004년에 만들어진 이래 많은 작가의 탄생에 기여한 '소설가가 되자' 사이트. 이런 사이트를 중심으로 다양한 인터넷 공간에서 라이트 노벨이 탄생하고 있다.

나 게임으로 만들어지는 것이 당연하게 여겨지고 있으며, 이를 통해서 더욱 발전한다. 현재 일본에서 제작되는 TV용 애니메이션은 대부분 만화나 라이트 노벨을 원작으로 제작되고 있으며, 특히 11~13화(1쿨)[15] 분량으로 짧게 제작되는

---

15. 1쿨이란 일본의 방송 용어로 1분기(한 계절)를 가리키는 말이다. 1980년대 이후 일본 방송에서 장기 편성이 어려워지면서 많은 방송을 분기별로 계약하여 진행했는데, 각각

애니메이션은 거의 라이트 노벨을 홍보하기 위한 캐릭터 상품으로 제작된다고 해도 과언이 아니다.[16]

라이트 노벨은 한때 쥬브나일 소설이라고 불렸듯이, 서양의 영어덜트 소설과 유사한 모습으로 시작됐다. 그만큼 청소년 독자가 중심이었지만, 라이트 노벨이 생겨난 지 오랜 세월이 흘렀기에 독자도 청소년만이 아니라 장년층에까지 확장되면서 작품 경향도 더욱 다양해지고 있다.

라이트 노벨이 독자의 취향에 따라 인기를 모으는 만큼 당시에 인기를 끄는 작품을 모방하는 사례가 많다. 일찍이 『슬레이어즈』가 인기를 끌었을 때 하이 판타지 작품이 주류가 되었고, '스즈미야 하루히' 시리즈나 『내 여동생이 이렇게 귀여울 리가 없어』 『어떤 마술의 금서목록』처럼 한 작품의 인기에 힘입어 유사한 작품을 선보이는 일이 계속된다.

근래에는 『오버로드』 같은 게임·네트워크물과 함께, 슬라임이나 괴물 같은 다른 생명체로 태어나서 모험을 진행하는 전생물이 눈에 띈다.[17]

의 분기를 1쿨이라고 부른다. 애니메이션 시리즈, 드라마 등은 쿨 단위로 제작되어 방송된다.

16. 캐릭터 상품으로서의 애니메이션은 현재 일본의 TV 애니메이션의 경우 대부분 1화당 1억 원에서 2억 원 사이의 적은 돈으로 제작되고 있다. 이는 TV 애니메이션이 DVD, 블루레이의 판매 수익에 의존하는 만큼 많은 수익을 기대할 수 없기 때문이다. 그만큼 제작비가 낮기 때문에 라이트 노벨의 출판사는 애니메이션으로 수익을 얻기보다는 이를 통해 작품을 홍보하는 목적으로 생각하는 사례도 많다.

17. 이는 네트워크 연재를 통해서 친숙한 소재를 선택하는 한편, 불편한 현실을 회피하

때문에 일부 독자는 '최근 라이트 노벨에 특정 작품밖에 없다'라거나, '라이트 노벨은 지나치게 유행을 탄다'라고 말하지만, 실제 인기 순위나 판매 순위를 보면 유행에 관계없이 꾸준히 인기를 누리는 작품이 많으며 매우 다양한 스타일의 작품이 나오는 것을 알 수 있다(특히 모에 계열의 작품 비율은 여전히 높고, 한국 내에서는 일본보다 비중이 더 높은 경향이 있다).

그것은 라이트 노벨이 만화, 애니메이션, 게임을 통해 자신이 좋아하는 것을 찾아서 즐기는 사람들을 위해서 만들어진 만큼, 특정한 장르를 따라가거나 어느 한 가지 내용으로 몰리기보다는 그때그때 다양한 아이디어와 소재가 공존하며 인기를 끌 수 있기 때문이다. 새롭게 등장하여 눈길을 끌거나 화제를 모으는 소재가 있지만, 그렇다고 해서 기존의 소재나 아이디어가 사라지는 것은 아니다.

다양한 브랜드를 거쳐 이제는 인터넷을 통해서도 작품을 선보일 수 있게 되면서 라이트 노벨의 양은 더욱 늘어나고 있다. 그만큼 라이트 노벨은 경쟁이 심한 레드 오션이 되어 가지만, 그만큼 작가로서 데뷔하기 쉬워졌다는 것은 부정할 수 없다. 경쟁으로 인해 많은 작품이 빛을 보지 못하고 사라지는 반면에는 그만큼 큰 성공을 거두는 일도 많은 것이다.[18]

여 새로 태어나고 싶다는 열망이 강하게 반영되었기 때문이다. 게임물은 또 하나의 현실이고, 전생물은 아예 다른 세계에서 다시 태어난다는 설정으로서 현실 도피 의식이 강하게 보인다.

18. 인터넷 연재는 장점만 있는 것은 아니다. 오직 자신이 쓰고 싶은 작품만 쓰기 때문에

라이트 노벨은 취미를 즐기는 사람을 위한 장르이다. 다양한 내용을 편하게 받아들이는 라이트 노벨은 앞으로도 더욱 다채로운 모습으로 사람들을 즐겁게 해줄 것이다.

라이트 노벨의 가능성

라이트 노벨은 엔터테인먼트성을 바탕으로 캐릭터의 이야기를 펼쳐내는 이야기이다. 게임을 진행하듯 창조된 세계에서 캐릭터의 이야기를 엮어내는 라이트 노벨은 무엇보다도 즐겁고 재미있는 이야기로서 사랑받았다.

1990년대에 들어 급격하게 성장한 라이트 노벨은 2000년대 들어 일본, 한국, 대만 등지에서 베스트셀러에 오르며 꾸준한 인기를 끌었고 현재는 중국에서도 판매 순위 상위권을 지키는 청춘 소설과 함께 라이트 노벨이 조금씩 관심을 모으고 있다.[19]

그러한 인기에 힘입어 지나치게 많은 작품이 쏟아져 나오면서 라이트 노벨 시장에 진출하기 어려워졌다는 것은 사실이다. 그럼에도 라이트 노벨과 이를 중심으로 한 미디어

편집을 거쳐서 정돈된 아이디어나 내용이 나오기 어렵고 이른바 한계까지 몰아붙여서 작품을 완성하는 일도 적다. 이러한 점을 보완하려면 연재와 출간을 나누어서 출간할 시에는 편집자와 협의를 거치고 수정하면서 출간하는 방식을 취하는 것도 좋다.

19. 실제로 일본이나 한국 등 여러 나라의 도서 판매 순위를 보면 과거에 비해 숫자가 줄어들긴 했지만, 실시간 판매 순위의 100위권 내에서 라이트 노벨이나 관련 도서(설정집 등)를 꾸준히 볼 수 있으며, 일본에선 전자책 판매 분야에서 상당한 인기를 누리고 있다.

그림 28 중국의 라이트 노벨풍 소설, 『문학소녀 탐정』. 중국에서도 장르 작가들이 이런 작품에 많이 참여하고 있다.

시장은 꾸준히 성장하고 있으며, 다양한 신인이 발굴되어 새로운 작품을 지속적으로 만들어낸다. 특히 SF를 비롯한 장르 문학이 성장하는[20] 중국에서도 급증하는 오타쿠층을 중심으로 일본식 라이트 노벨이 인기를 끌고, 청소년층을 중심으로 청소년 소설이 화제를 모으면서 일본이나 대만의 작품을 수입하는 것에 그치지 않고 중국 작가의 창작으로 이어져 다양한 발전을 이루고 있다. SF 작가들을 중심으로 라이트 노벨 공모전이 진행되고 있으며, 베스트셀러라고 할 만한 작품도 하나둘 선보이고 있다.

라이트 노벨의 지나치게 빠른 성장과 경쟁, 그로 인한 저질 작품의 범람으로 라이트 노벨 장르가 망해간다는 의견도 있으며, 실제로 저질 작품의 비율이 높아지는 것도 사실이다. 하지만 작품의 숫자가 많다면 그만큼 좋은 작품도 많으며 다양한 스타일의 작품이 등장하게 마련이다.

청소년을 넘어 성인층, 일본 국내를 넘어 중국이나 서양

20. SF는 중국에서도 대중적인 장르는 아니었으나, 미국에서 휴고상을 받기도 한 『삼체』의 성공 이후 청소년층에서 급격하게 인기를 끌고 있으며, 창작도 활발하게 이루어지고 있다. 특히 시장이 큰 만큼, SF 작품마저도 초판으로 기본 3만 부 이상 인쇄할 정도의 시장 규모를 보여주고 있다.

에까지 시장을 넓혀나가는 라이트 노벨의 가능성은 결코 사라진 것이 아니다. 스마트폰의 확산과 함께 종이책 시장이 급격하게 감소되는 상황에서도 라이트 노벨 시장 규모는 비교적 현상을 유지하고 있으며, 전자책까지 포함하면 꾸준히 성장하고 있다. 일본만이 아니라 한국, 대만 등지에서도 라이트 노벨 장르의 새로운 브랜드가 꾸준히 생겨나며, 신인 작가의 연령대도 종래의 10~20대에서 40~50대까지 확장되면서 작품의 소재와 성향도 훨씬 다양해지고 있다.

무엇보다 가볍게 읽을 수 있으며, 일본의 만화, 애니메이션 문화에서 시작되어 공통적인 특성이 있고, 다양한 장르가 뒤섞인 라이트 노벨은 한 나라의 시장에 머무르지 않고 더욱 넓은 시장에 접근할 수 있다는 강점을 갖추고 있다.

그런 점에서 라이트 노벨이라는 장르를 단순히 청소년을 위한 싸구려 작품으로 치부하며 무시하거나, 누구나 가볍게 완성할 수 있는 저질 작품으로 생각하는 것이 아니라, 다양한 아이디어를 포용하고 장소를 가리지 않고 다양한 독자를 끌어들일 수 있는 바다와 같은 분야로 생각하며 접근하기를 기대한다.

비록 장르로서의 특성이 명확하지 않고 단지 삽화만을 내세운 작품으로 폄훼되기도 하지만, 상업 만화처럼 캐릭터의 매력을 충실히 드러내면서 당대의 독자에게 쉽게 다가갈 수 있으며, 만화나 게임 같은 미디어화가 쉬운 라이트 노벨은 다양한 장르를 발전시킬 수 있는 기반으로서 우리 문화를 더욱 풍족하게 만들어줄 것이다.

라이트 노벨의 유행

장르적 특성에 구애받지 않는 라이트 노벨은 항상 다양한 스타일의 작품이 꾸준히 나오고 있지만, 만화처럼 대중의 흥미에 따라 특히 인기 있는 소재가 등장하는 것도 사실이다.

따라서 현재 유행하지 않는 새로운 소재나 내용을 발굴하여 작품을 만들 수 있다면, 더욱 인기 있는 작품으로 화제를 모을 수 있다. 최근의 차원 이동물이나 전생물은 기존에 없던 소재를 통해서 인기를 얻은 사례이며 과거에도 여동생물이나 마왕물처럼 색다른 내용이 관심을 모은 바가 있다.

그렇다면 라이트 노벨에서 남들과 다른, 인기 있는 소재를 발굴하는 방법은 무엇일까? 라이트 노벨이 만화와 애니메이션, 게임 팬들을 대상으로 시작된 장르라는 것을 참고하면 좋을 것이다.

다시 말해 만화나 애니메이션, 게임에서 기존의 라이트 노벨과 다른 소재, 특히 만화, 게임 등에서 현재 인기를 끄는 소재를 찾아보는 것이다.

실제로 일본의 만화와 라이트 노벨을 살펴보면, 특정한 소재가 일단 만화에서 인기를 끌고 라이트 노벨에 등장하여 화제를 모으는 사례가 적지 않다. 이는 딱히 의식했다기보다는 만화, 게임 등의 재미있는 내용에서 영감을 얻어 라이트 노벨을 창작했다고 보는 편이 더 맞는다. 즉 먼저 적극적으로 만화나 게임에서 인기 있거나 특이한 소재를 찾아서 라이트 노벨을 쓴다면 다른 작품보다 더 빨리 눈길을 끌고 화제를 얻을 수 있을 것이다.

작법

한국에서 라이트 노벨을 만드는 방법

이도경

이제부터 적는 것은 일종의 요약노트다. 필자가 십년 가까이 한국 라이트 노벨 브랜드의 작품기획 편집자이자 작가로서 일하며 라이트 노벨 창작과 그 기획에 대해 느꼈던 것들 중 일부를 간략히 정리한 것이다. 상세하고 심도 깊은 내용을 모두 다루기엔 분량적인 제약이 있기에 이 자리에선 최대한 간단히, 일종의 팁TIP의 형태로 손쉽게 사용할 수 있는 형태로 소개하고자 한다. 아울러 필자의 활동 영역상 여기서 이야기하는 것들의 많은 부분은 남성향 라이트 노벨 분야에 치우쳐 있음을 미리 밝혀둔다.

주요 타깃(주독자군)의 모델을 상세히 상정하라

작품을 구상하고 기획하는 것에 있어 라이트 노벨뿐만 아니라 모든 장르 작가가 가장 기본적으로 떠올리는 것은 '어떤 재미난 이야기를 만들 것인가'일 것이다. 동시에 프로 상업 작가라면 '이 재미난 이야기를 어떻게 팔 것인가' 역시 고려해야 한다. 또한 '어떻게 팔 것인가'에 있어 핵심은 '누구에게 팔 것인가'에 있는데 여기서 말하는 '누구'란 바로 독자를 말한다. 작가의 작품에 대해 돈을 내고 구매할 독자 말이다.

여기서 한 번 눈을 감고 떠올려보라. 내 글을 사보는 라이트 노벨 독자는 과연 누구인가? 성별은? 연령대는? 언제 사서 어떤 시간대에 어떤 마음으로 읽는 사람인가? 한 달에 쓰는 총 구매 금액은? 그 금액으로 몇 권을 사서 읽는가? 주로 좋아하는 장르 취향은? 단행본 위주 혹은 전자책 위주의 구매를 선호하는가 등등. 구체적이고 확실하게 독자의 상이 떠오르는가? 그런 사람도 있겠지만 대부분의 작가는 그렇지 못할 것이다. 일반적인 작가가 이처럼 구체적으로 독자군에 대해 조사하고 상정한 객관적 자료를 얻기는 무척 힘들기 때문이다. 이 부분은 출판사 편집부의 영역이라고 할 수 있다.

그래서 대다수의 작가들, 특히 신인 작가들은 그 상정독자의 모델을 자기 자신으로 잡는 경우가 많다. 물론 이것이 반드시 틀린 방법은 아니다. 자신과 독자군의 로망이 같을 수 있기 때문이다. 하지만 작가 자신과 독자군의 나이가 달라지는 등—작가는 20대 이상인데 주요 타깃 독자는 10대라던가—공통점이 조금씩 적어지고 있다면 그때부터 필수

적으로 독자군을 상정해봐야 한다.

사실 이 독자군이라는 분류도 라이트 노벨이라는 하나의 카테고리로 뭉뚱그릴 수 있는 것은 아니다. 이 카테고리 안에서도 무수히 많이 나뉠 수 있다. 남성향과 여성향 라이트 노벨은 당연히 주요 독자군이 남녀로 나뉘며 남성향에서도 오프라인 단행본을 구매를 선호하는 독자와 전자책 구매를 선호하는 독자가 다르다. 10대 독자의 경우 전자 결제가 쉽지 않기에 아직은 오프라인 서점에서 현찰로 구매하는 것을 선호하며 20대 독자의 경우엔 전자책 결제가 용이하기 때문에 전자책 관련 라이트 노벨의 매출은 대부분 20대 이상의 독자군에서 나오고 있다. 10대도 전자책으로 보기는 하지만 주로 샘플이나 기다리면 무료 서비스형태의 무료 서비스를 많이 이용하고 있는 실정이다. 또한 현재 2017년 1월까진 전체 매출에서 전자책보다는 단행본 판매의 매출이 좀 더 우위에 있다.

클리셰를 활용하되 클리셰를 넘어서라

라이트 노벨 작품들이 자주 받는 비판에는 '전형적'이라는 부분이 있다. 이는 클리셰가 남용되기 때문에 나오는 비판이다.

비슷하게 장르에서 자주 활용되는 설정과 요소, 신scene의 연출 등 정형화된 패턴을 클리셰라고 지칭한다. 라이트 노벨의 경우에도 특히 그러한 서브컬쳐 장르적 클리셰가 두드러지기 쉬운데 금발 트윈테일은 츤데레적 성격을 기반으로 한다라던가 남자 주인공은 둔감하여 여자 주인공의 마음을 알아차리지 못한다던가 하는 부분들이 그에 대한 간단한 예시라 할 수 있다.

앞서도 말했지만 이러한 장르적 패턴은 남용하면 당연히 혹평을 받을 수 밖에 없다. 처음 작품을 본 독자라면 신선하겠지만 이미 전에 봤던 독자라면 식상해지기 때문이다. 다만 그렇다고 클리셰 전체를 부정하면 어찌되는가? 자칫 재미가 없거나 기존의 장르와는 궤를 달리하는 괴작이 되기도 한다.

원래 각 장르에는 암묵적인 법칙처럼 독자가 그 장르에 기대하는 장르적 재미란 것이 있다. 독자가 그 장르를 선택할 때, 추리장르에는 어떻게 독자가 예상치 못한 형태로 사건을 풀어내는 가에 대한 기대가, 러브 코미디 장르에는 유쾌하고 즐거운 연애 이벤트를 보고 싶다는 기대가 전제 되어 있는 것이다. 클리셰란 사실 그러한 장르적 재미를 잘 표현하며 반복되어온 패턴이자 동시에 독자가 그 장르에 어떤 기대감을 가지고 있는 가에 대해 파악할 수 있는 지표라 할 수 있다.

즉 클리셰의 단순한 남용은 피하면서 그 클리셰가 담고 있는 핵심 기능을 살린다면 오히려 독자가 가지는 장르적

기대감을 잘 충족시킬 수 있는 방법이 될 수도 있다. 이는 기존의 클리셰가 표현하는 장르적 재미와 로망 부분은 그대로 가지고 가되 그 표현을 바꾼다거나 좀 더 새로운 요소를 일부 바꾸고 더하는 식으로 해서 약간씩 더 새로운 변주를 주는 형태로 만들 수 있다. 새로운 클리셰란 이렇게 새롭게 창출되고 그것이 독자와 다른 창작자들에게도 사랑을 받아 많이 사용되면서 탄생하는 것이기 때문이다.

라이트 노벨의 꽃, 일러스트(삽화)를 고려하라

각 이야기에 있어 캐릭터와 이야기를 더 재밌게 보이기 위해선 그것을 더 멋지게 연출하는 장면scene이 필요하다. 라이트 노벨의 경우 이러한 장면에 일러스트를 삽입함으로서 좀 더 직관적으로 독자에게 전달할 수 있다.

반대로 이렇게 일러스트를 고려하며 장면을 구성 한다면 좀 더 멋지고 강렬한 장면이 나올 수 있기도 하다. '그 장면엔 이런 일러스트가 들어갔으면 좋겠다.'를 생각하며 이야기를 구상할 때 미리 고려해 두는 것이다.

다만 여기선 미리 각 라이트 노벨 일러스트들의 용도를 알아둘 필요가 있다.

라이트 노벨 일러스트의 구성과 용도

일정한 주기로 몇 화마다 한 매씩의 일러스트가 삽입되는 연재형 작품(주로 전자책)이거나 아예 표지 외로는 내부 일러스트가 없는 등의 예외적인 종류가 아닌 한 기본적으로 라이트 노벨(특히 한국 라이트 노벨 브랜드) 단행본의 가장 보편적인 일러스트 구성은 다음과 같다. 표지 일러스트 1매, 컬러 내지 일러스트 4매, 흑백 내지 일러스트 8매. 뒤표지는 SD나 소품 일러스트가 있거나 표지 혹은 컬러 내기 일러스트의 일부를 잘라서 쓰기도 하며 아예 삽화가 없는 경우도 있다. 또한 가끔 표지 일러스트의 크기가 커서 뒤표지까지 포괄하거나 컬러 내지 일러스트가 2매 혹은 긴 브로마이드형이거나 6매, 8매로 더 많거나 흑백 내지 일러스트가 더 적거나 더 많은 경우가 있기도 하지만 가장 기본적인 사양은 위의 매수라고 보면 된다.

여기서 특히 표지 일러스트와 컬러 내지 일러스트, 흑백 내지 일러스트의 경우엔 각기 일러스트를 제작 하는 기획 목적이 다르다.

표지는 '작품의 간판'이다. 표지 일러스트는 독자가 라이트 노벨 단행본을 접했을 때 가장 먼저 얻게 되는 시각적 이미지다. 때문에 여자 주인공의 매력적인 모습을 부각시키거나 주인공, 혹은 주인공과 여자 주인공의 관계에 대한 암시로 구도를 짜거나 작품 분위기를 알 수 있는 형태를 전제로 해서 기획되곤 한다. 이 때문에 캐릭터의 매력 포인트, 제목 로고와 삽화의 조화, 독자의 시선 라인 등이 복합적으로 고

려되는데 그 중 가장 기본적인 것 중 하나는 캐릭터들(특히 여자 주인공)의 시선이 정면의 독자를 향하며 눈을 마주쳐야 한다는 것이다. 그러한 시선이 독자에게 캐릭터를 어필하는 연출이 되기 때문이다.(다만 작품 내용에 따라 작품 분위기를 중시할 경우 이러한 시선 마주침 연출이 빠지는 경우도 있다.)

그 다음으로 컬러 내지 일러스트는 기본적으로 이야기가 나오는 본문 앞에 위치한다. 간혹 연출 효과를 위해 책 중간에 컬러 내지 일러스트를 넣는 경우도 있으나 그것은 연출을 위해 흑백 내지 일러스트를 채색하여 대치한 형태라 봐야 한다. 그런 예외를 제외하고 대다수의 컬러 내지 일러스트는 본문 앞부분에 위치하며 이는 독자가 본문을 읽기 전에 먼저 보게 되는 이미지란 뜻이다.(독자에 따라선 글 읽기 전에 먼저 흑백 내지 일러스트만 모두 미리 보거나 본문보다 후기를 먼저 읽는 이도 있지만 이 역시 예외에 속한다.) 때문에 이 컬러 내지 일러스트는 애니메이션으로 치면 일종의 오프닝이자 예고편, 작품에 대한 소개의 역할을 한다. 때문에 작품에 있어 미리 독자가 보고 나서 기대를 품을 수 있는 인상적인 장면을 택하거나(스포일러가 될 수 있는 장면은 피해야 한다.) 캐릭터에 대해 소개가 될 수 있는 장면을 주로 택한다. 아예 본문 내용이 아닌 캐릭터를 각기 소개하는 장면으로 따로 구성하기도 한다.

흑백 내지 일러스트의 경우 앞서 말한 바와 같이 작품에 있어 인상적인 장면을 택해 좀 더 극적이고 시각적인 효과를 강조하는 형태를 주로 택하게 된다.

또한 이런 기획들과 별개로 거대 전함의 전경이라던가 장대하거나 복잡한 장면 등 글로 표현하기 힘들다고 판단된 장면에 대해 보완의 형태로 일러스트가 기획되어 삽입되는 경우도 있다.

라이트 노벨 캐릭터의 이미지 디자인 팁

일러스트가 라이트 노벨의 꽃이라면, 이러한 일러스트로 표현되는 캐릭터는 가장 핵심기반인 뿌리라고 할 수 있다. 캐릭터가 예쁘고 개성 있게 만들어져야만 표지를 비롯한 내지 일러스트들도 모두 한층 더 아름답고 매력적으로 나올 수 있기 때문이다.

이러한 라이트 노벨의 캐릭터 이미지 디자인에 있어 특히 각 캐릭터의 개성을 차별화하는 방법에는 사실 몇 가지 요령이 있다. 바로 형태와 색 배합의 차별화 그리고 대표 포인트 요소의 활용이다.

서브컬쳐 작품들의 이미지를 보면 간혹 캐릭터들의 실루엣만을 모아놓은 것을 볼 수 있다. 그 실루엣만 가지고도 캐릭터들은 구분되고 누가 누군지 알 수 있다면 그것은 형태적으로 잘 디자인된 캐릭터들이다. 마찬가지로 각 캐릭터들의 대표적인 몇 가지 색들만 뽑아놓았을 때 이건 그 캐릭터

다라고 알아차릴 수 있다면 이것 역시 색 배합에 있어 개성적인 차별화가 잘 된 것이라 할 수 있다. 또한 그 캐릭터들이 가진 한 가지씩의 대표 요소—무기나 액세서리 등의 소품, 흉터나 아우라 등의 특징이 있다—를 나열했을 때 그것만으로 이건 이 캐릭터라고 파악할 수 있으면 이 또한 잘 디자인된 것이다.

캐릭터의 말투와 말버릇를 차별화 하라

위에서 적은 것처럼 디자인적인 부분의 차별화가 잘 되었다면 이 다음으론 성격적인 부분에서의 차별화가 조화를 이뤄야 한다. 독자가 이미지 없이 글만 읽고도 각 캐릭터를 구분하는 데 가장 쉬운 방법 중 하나는 바로 각 캐릭터마다의 말투와 말버릇을 차별화하는 것이 있다. 독특한 말버릇을 가진 캐릭터가 있다면 그것만으로도 그 캐릭터는 다른 캐릭터와 쉽게 구분되는 강력한 개성을 가지게 되는 것이다.

반대로 각 캐릭터들의 대사만을 쭉 나열해서 그것만으로도 어느 것이 어떤 캐릭터의 대사인지 구분이 되지 않는다면 그 캐릭터들은 각기 차별화되는 개성이 없다는 말이 된다. 거기에 더해서 각 캐릭터들의 구성이 재밌는지를 시험해보고 싶다면 모든 캐릭터들을 한 방에 모아놓고 이야기를 나누는 라디오 드라마와 같은 구상해보면 쉽다. 각 캐릭터들의 대화가 서로 잘 이어지고 그것이 재밌다면 캐릭터들의 개성과 구성이 잘 짜였다는 말이 되기 때문이다.

좀 더 재미있어 보이는 기획서 쓰는 법

이렇게 해본 여러 구상과 기획들은 잊지 않기 위해선 이제 정리해볼 필요가 있다. 그때 작성하는 것이 바로 기획서다.

흔히 업계 내에선 '재미난 작품은 기획서부터 재밌다'라는 말이 있다. 기획서는 작품의 청사진이며 설계도이기 때문에 잘 정리된 기획서는 그 재미난 작품의 재미가 담겨 있고 능숙한 편집자라면 또 그것을 잘 읽어낼 수 있기 때문이다.

사실 기획서에는 목적별로 2가지 종류가 있다. 설계도로써의 기획서와 소개서로써의 기획서다. 설계도 기획서는 말 그대로 작가 자신이 작품을 써나가기 위해 뼈대를 잡는 용도로 쓰는 기획서이며, 소개서 기획서는 공모전을 통하거나 직접 응모를 통해 출판사 또는 에이전시에 작품을 보내서 검토를 받기 위해 적는 기획서다. 즉 자신이 읽을 용도인가(설계도) 타인에게 읽힐 용도(소개서)인가에 따라서 종류가 바뀌는 것이다.

또한 그 종류에 따라서 중시해야 할 것들도 달라진다. 설계도 기획서는 자신만이 볼 것이므로 자신이 작품을 쓰는데 있어 필요한 것들을 모아 더 재밌게 꾸미기 위한 것들을 중시하는 게 당연하다. 자기가 보기에 편하기만 해도 된다. 반면 소개서 기획서는 남에게 읽힐 것이기 때문에 '이 작품

에 대해 모르는 타인'이 읽는 것을 전제로 한다. 자신은 그냥 그 사실을 아는 것만으로도 재밌다고 여길지라도 타인은 그렇지 않을 수 있기에 그 점을 필히 고려하여 재밌게 보이도록 꾸며야 한다. 그렇다고 거짓을 쓰라는 것은 아니다. 좀 더 재밌게 연출하라는 뜻이다. 이를 업계 용어로 '약을 친다'라고 하는데 이렇게 기획서를 재밌게 보이도록 꾸미는 방법 중엔 바로 작품을 광고하듯 만들어보는 것이 있다.

1. 작품의 대표 한 줄 카피를 미리 적어본다

라이트 노벨 단행본 초판 커버에는 대부분 띠지가 붙어 있다. 그 띠지에는 작품을 나타내는 광고 문구가 적히는 것이 대다수인데 이는 보통 간략히 한 줄, 많아야 두세 줄 정도로 구성된다. 편집부에선 이 짧은 문구만으로도 작품을 설명하고 재미를 느끼게 하기 위해 노력하고 또한 광고에 많이 사용한다. 이 짧은 문구의 목적은 작품의 재미와 이미지를 짧고도 강렬하게 독자에게 각인시키기 위함이며 그만큼 그 짧은 문구에 작품의 재미를 농축해 담고 있다는 뜻이 된다. 이것을 미리 작가 스스로 잘 정리해서 뽑아낸다면, 작품의 기획서와 원고를 읽는 첫 독자인 편집자에게 작품의 재미와 인상을 강렬하게 각인시키는 효과를 가져온다. 사람도 첫인상이 중요한 만큼 이 한 줄 문구가 잘 나왔을 때의 파워는 상상 이상이라 감히 단언할 수 있다.

2. 호기심을 자아내는 작품 소개 줄거리

라이트 노벨 단행본의 뒷면과 전자책의 작품 소개에는 작품에 대해 소개하는 글이 있다. 흔히 이것을 그냥 초반 줄거리라고 여기기 쉬우나 이 글은 절대로 단순한 줄거리 요약이 아니다. 초반 줄거리를 활용하여 만드는 작품의 소개문이며 이 글의 목적은 독자로 하여금 흥미를 느끼고 구매 욕구를 일으키게 하는 것에 있다.

앞서 말한 띠지 문구가 독자의 구매 욕구를 일으키기 위한 선행 펀치라면 이 소개문은 마지막 쐐기를 박는 결정타 역할을 한다. 사실 라이트 노벨 편집부 내에선 이 소개문을 작성하는 일종의 노하우를 내부 지침으로 가지고 있다. 이는 각 캐릭터(주인공과 히로인)의 소개와 상황, 둘 간의 관계와 이후 변화에 대한 암시를 통해 독자에게 기대감을 갖게 할 것을 기본으로 한다. 장르와 작품에 따라 다소 변형이 있으나 가장 기본적인 것은 독자에게 '아, 이건 읽고 싶다'라는 기분을 들게 해야 한다는 것이다. 이는 또한 맨 앞에 말한 주요 타깃 독자를 상정하는 것과도 연결되어 있다.

기획서를 쓸 때 이 작품소개문을 작성해보는 것으로 이 작품이 어떤 독자에게 어떠한 세일즈 포인트를 가지고 있는 지에 대해 좀 더 구체적으로 정리할 수 있고 또한 어필할 수 있는 것이다.

3. 1권 내에서의 클라이맥스 부분을 정리 및 강조하라

이건 단행본에 해당되는 이야기인데 라이트 노벨 단행본 1권에선 그 작품 전체에서 가장 핵심이 되는 클라이맥스 부분이 존재한다. 그 클라이맥스 부분에서 독자에게 어떤 감정을 끌어낼 것인지, 거기까지 감정선을 고조시키기 위해 어떤 단계를 밟으며 준비해갈 것인지, 아울러 클라이맥스에서 끌어낸 감정선을 이후 어떻게 여운을 주며 정리해갈 것인지에 대해 정리하고 강조함으로서 이야기가 가진 재미를 좀 더 어필할 수 있다.

기획서의 경우 또한 설계도 기획서는 작품을 집필하기 전에 쓰고, 소개용 기획서는 작품을 다 쓴 다음에 설계도 기획서와 작품 본문을 참고해서 새로 수정 편집하여 쓰는 것을 권한다.

책과 웹은 서사 구성을 다르게 하라

기획서가 완료되었다면 이제 본격적으로 집필에 들어가기 전에 최종적으로 고려해야 하는 것이 있다. 바로 어떤 형태로 작품을 출간하길 바라느냐는 것이다. 사실 이 부분은 이미 독자상정 단계에서 이미 결정이 되어 있는 면이기도 하다. 단행본용이라면 단행본 시리즈에 맞는 서사 구성을 가져야 하며 전자책 연재용이라면 그에 맞춰 연재용 서사 구성을 갖춰야 하기 때문이다.

권 단위로 읽는 단행본 작품과 한 회씩 공개하는 전자책 연재형 작품은 독자가 경험하는 매체의 방식이 다르므로 당연히 그 구성 방식도 다를 수밖에 없다. 쉽게 표현하자면 단행본 시리즈는 연작 영화 시리즈 구성에 가깝고 전자책 연재형은 일일드라마나 일일연재만화의 구성과 호흡을 가진다고 봐야 한다.

단행본이 한 권 내에서 발단, 전개, 위기, 절정, 결말의 5단 구성을 통해 이야기의 고조와 하강이라는 큰 굴곡을 지닌다면, 연재형은 1~5화 내에서 상승과 하강이라는 굴곡의 연속성으로 이어진다. 단행본 독자는 일단 책을 산 이상 어지간하지 않고서는 끝까지 읽어보려고 하지만, 전자책 연재형은 최소 5화 내에서 계속 이 이야기를 읽어가야 하는 이유를 독자에게 주지 못하면 바로 읽기를 그만둬버린다. 이마저도 점점 그 화수가 적어지고 있는 추세기도 하다.

연재형의 경우 일본에선 '소설가가 되자'와 같은 사이트에 연재된 후에 다시 단행본 편집되어 출간되는 경우가 있는데 이 경우 작품 서사 구성 방식을 다시 단행본 권 단위 호흡에 맞추기 위해 수정하기도 한다.

아울러 단행본의 경우 5단 구성을 예시로 든 것은 1권에서의 이야기를 체크해보기엔 이 5단 구성이 좀 더 편하다고 보기 때문이다.

작가로 데뷔하는 루트는 크게 2가지다

현재 한국에서 정식 라이트 노벨 작가로 데뷔하는 길은 크게 2가지다.

출판사 및 전자책 에이전시 등 회사를 통해 단행본과 전자책을 출간하는 것과 유료연재 플랫폼의 라이트 노벨 코너에 직접 원고를 올려서 판매하는 것이다. 네이버 등 정식 웹소설 코너가 있는 포털의 경우 회사를 통해 중계 계약을 하여 연재하는 경우도 있지만 직접 작가와 계약을 맺는 경우도 있다.

출판사와 전자책 에이전시의 경우 정기적인 이벤트인 공모전을 통해 원고를 응모 받거나 출판사의 이메일을 통해 원고를 투고 받아 검토한 후 계약을 맺는 형태가 일반적이다.

2017년 1월 현재 한국에서 공모전이나 상시 투고를 통해 한국 라이트 노벨 작품 원고를 모집하고 출간하고 있는 대표적 남성향 브랜드는 다음과 같다.

남성향 라이트 노벨 브랜드

시드노벨 http://seednovel.com/

노블엔진 http://www.novelengine.co.kr/

V노블 http://imageframe.kr/

카니발노벨 http://blog.naver.com/haksanxnovel

아크노벨 http://blog.naver.com/archnovel

비록 많은 것을 담지는 못한 글이지만 조금이라도 읽는 이들의 라이트 노벨 창작에 도움이 되었기를 바란다. 차후 기회가 있어 전체적이고 심화된 이야기를 전할 수 있기를 소망한다.

부록 1

라이트 노벨 작가 하세 사토시 인터뷰

부록1 라이트 노벨 작가 하세 사토시 인터뷰

라이트 노벨이라는 장르는 작가에게 어떤 의미일까? 앞서 토미노 요시유키처럼 '라이트 노벨'이라고 불리는 것을 꺼리거나 부정적으로 생각하는 작가도 적지 않으며, 평론가 중에는 아예 라이트 노벨이란 장르가 없다는(이를테면 특정한 장르가 아니라 단지 판촉용 문구에 불과하다고 생각하는) 이들도 있다.

책을 준비하면서 여러 작가, 평론가의 의견을 듣고 정리했지만, 그중 『전략거점 32098 낙원』과 『원환소녀』 시리즈 작가로 국내에도 잘 알려진 하세 사토시의 인터뷰 전문을 소개한다.

하세 사토시는 라이트 노벨로 시작했지만, 일본 SF 대상을 받으며 SF와 라이트 노벨 두 분야에서 활발하게 활약하고 있으며, 강사, 평론 등으로도 여러 가지 활동을 하고 있다.

인터뷰는 일본 SF 대회[1] 현장에서 진행되었으며, 작가의 생각을 그대로 전하고자 녹취 형태로 소개한다.

전홍식(이하 전) : 안녕하세요. SF&판타지 도서관장 전홍식입니다. 재미있게 본 작품의 작가를 만나게 되어 기쁩니다.

하세 사토시(이하 하) : 안녕하세요. 하세 사토시입니다. 만나게 되어 반갑습니다.

전 : 이렇게 SF 대회에서 만나게 되었는데요. 행사에는 자주 오시나요?

하 : 이번으로 4회째네요.

전 : 네 번이나요. 굉장하네요. 참여하시는 이유는 무엇인가요?

하 : 역시 즐겁기 때문이죠. 전부터 SF 대회엔 관심이 많았지만, 왠지 장벽이 높아서 쉽게 찾을 수 없었습니다. 다행히 2009년에 『당신을 위한 이야기』란 SF, 이번에 개정판이 나옵니다만, 이걸 써서 '이젠 참가해도 되겠지'라면서 2010년부터 참여하게 되었죠.

전 : 장벽이 높은가요?

하 : 네. SF 대회는 기본적으로 SF 팬을 위한 행사지, 라이

1. 1962년부터 개최된 일본 SF 팬들의 행사이다. 매년 개최지가 바뀌는 행사로 도쿄만이 아니라 일본 지방에서도 개최하여 지역 SF 팬들이 참여하기 좋다. 매년 1,000명 이상이 꾸준히 참여하는 이 행사는 일본 SF 문화와 오타쿠 문화의 발전을 이끌고 있다.

트 노벨을 위한 행사가 아니라고 생각했죠. 실제로는 라이트 노벨 관련 기획도 있고, 라이트 노벨 작가나 평론가도 와서 이야기를 하지만 말이죠.[2] SF 작가하고 가까운 라이트 노벨 작가만 온다고 생각했습니다. 친하지 않으면 안 된다고 말이죠. 하지만 참가해보니 즐거웠어요.

전 : 즐거움이라면 어떤 것일까요?

하 : 뭐랄까. 문화제 같은 느낌이랄까요. 학생 시절로 돌아간 느낌으로 말이죠. (웃음) SF를 좋아한다고 할까, 소설을 좋아하는 학생으로 돌아간 느낌으로 시간을 보낼 수 있죠. 특히 이번 같은 합숙형 SF 대회에는 처음 오는데, 이건 특히 학생 시절 수학여행 같은 느낌이 강해요.

전 : 그렇군요. SF를 써서 참여하게 되었다고 하셨는데, 『전략거점 32098 낙원』은 SF 아닌가요?

하 : 아, 그건 라이트 노벨 출판사에서 나온 거라서요.

전 : 전 SF 쪽으로 좋은 작품이라고 생각했는데요.(웃음)

하 : 기본적으로 라이트 노벨이라는 건, 라이트 노벨 레이블에서 나온 것이라고 모두 생각하니까요. 삽화가 들어가 있으면 보통 라이트 노벨. 지금은 SF에도 삽화가 들어간 게 많습니다만.

전 : SF 대회에 작가로서 참가하면 뭔가 다른 게 있나요?

---

2. SF 대회에서는 매우 다양한 기획이 준비되며, 그중에는 라이트 노벨 작가나 평론가가 모여서 진행하는 '라이트 노벨 창작론' 같은 기획도 있다.

하 : 라이트 노벨에선 이런 기회가 별로 없죠. 기본적으로 자기 책을 읽는 독자가 이렇게 찾아와서 만나는 일은 거의 없어요. 이따금 이벤트가 있지만, 그런 이벤트는 이렇게 가까운 거리가 아니죠. 던전(웃음) 같은 곳에서 테이블을 놓고 말을 하는 거니까요. 역시 거리감이 다르죠. SF 대회에서는 이벤트 게스트로 참여했지만, 게스트라는 느낌이 별로 없습니다. 서로의 거리가 매우 가깝죠. 오가다 만나서 사인을 받는다거나, 책을 놔두고 사인해준다거나. 이번엔 판매 코너에서 계속 놀면서 지나가던 사람과 얘기를 나누곤 했죠. 이렇게 거리감이 없고 편한 이벤트는 드뭅니다.

전 : 일본에도 그런 행사는 드물군요.

하 : 없죠. 길거리에서 갑자기 책을 내밀면서 사인해주세요라고 부탁하는 사람은 없잖아요. 좀 꺼려지기도 하겠고. 반면, SF 대회에 참여하는 사람들은 신뢰할 수 있다는 느낌이랄까요. 그게 SF 대회의 쾌감이라고 하겠죠. 얘기하기 편하니까요.

전 : SF 대회는 참가비도 있고 거리도 문제가 있지 않습니까? 일본 각지에서 진행하는데도 여행을 와서 참가하는 건 역시 그 때문일까요?

하 : 여행이라면 저는 정말로 먼 행사는 참여하지 않으니까요. 한국에서까지 와서 참여해준 것은 정말로 고맙습니다.

전 : 역시 저도 즐거워서 오는 거겠죠. (웃음)

하 : 그렇네요.

전 : 언제부터 라이트 노벨을 쓰려고 생각하셨나요?

하 : 저는 라이트 노벨 작가가 되려고 했다고 할지 아닐지 그게 조금 미묘합니다. 2001년에 『전략거점 32098 낙원』으로 데뷔했습니다만, 가도카와쇼텐의 스니커 대상에 기고한 것은 사실, 원고를 썼더니 원고지 240매밖에 안 되었기 때문이죠. 그 양으로 보낼 수 있는 건 스니커 문고밖에 없었거든요.

전 : 분량 때문에 라이트 노벨에 기고했다고요?

하 : 네. 당시엔 240~250매로는 안 되었어요. 다른 곳은 350매나 400매 정도는 되어야 했거든요.

전 : 분량 제한이라니 재미있네요. 그럼 본래는 라이트 노벨을 쓸 생각은 아니었나요?

하 : 저는 SF도 봤지만, 라이트 노벨도 봤죠. 하지만 왠지 라이트 노벨을 쓸 수 없을 것 같았어요.

전 : 라이트 노벨은 차별받는다는 인상 때문인가요?

하 : 중학생 때부터 『로도스도 전기』라던가 그런 책을 봐 왔기 때문에 라이트 노벨에 대한 차별 의식은 없습니다. 가장 책을 많이 보던 중고교생 때 라이트 노벨을 봤으니까요. SF나 다른 것과 마찬가지로.

전 : 그럼 라이트 노벨을 쓰지 못하겠다고 생각하신 이유는 뭔가요?

하 : 저는 즐거운 소설을 어떻게 써야 할지 모른다고 생각했죠. 라이트 노벨은 기본적으로 즐겁지 않으면 안 되잖아요. 슬픈 이야기도 있지만, 제가 생각하는 라이트 노벨은 역시 즐거운 이야기라서요.

전 : 그렇군요.

하 : 네. 엔터테인먼트적이지 않으면 안 된다고 생각합니다. 그런데 그 엔터테인먼트라는 게 뭔지 알지 못했죠. 근데 SF는 왠지 엔터테인먼트가 아니라도 성립한다는 느낌이 들었죠. 라이트 노벨은 반드시 엔터테인먼트적이어야 하지만, SF는 꼭 그래야 하는 건 아니라는 이미지가 있어서요.

전 : 지금은 라이트 노벨 작품을 계속 쓰고 계시죠? 그렇다면 엔터테인먼트성이 뭔지를 느끼신 게 아닌가 싶은데요. 그에 대해서 어떻게 생각하시나요?

하 : 네. 지금은 『원환소녀』 같은 작품 활동을 계속하면서 어느 정도 이미지를 갖게 되었는데요. 사실 쓰면서 깨달았다는 느낌이죠, 엔터테인먼트성을. 제 나름대로 '내가 생각하는 재미가 무엇인지'를 고민하면서 썼으니까요.

전 : 그럼 '라이트 노벨을 쓰고 싶다'라는 분에게 해줄 조언을 부탁드릴 수 있을까요?

하 : 라이트 노벨은 기본적으로 캐릭터죠. 캐릭터 이야기를 하고 싶다는 겁니다. 좋은 이야기라던가 감동적인 이야기라면 그에 어울리는 다른 장르가 있다고 생각하지만, 캐

릭터를 그리고 싶다면, 라이트 노벨은 좋은 선택이라고 생각합니다. 누가 뭐라고 해도 라이트 노벨은 기본적으로 캐릭터니까요. 이렇게까지 캐릭터를 충실하게 그려내는 장르는 별로 없다고 생각합니다.

전 : 그래서 캐릭터 소설이라고 부르는 의견도 있죠.

하 : 그렇죠. 다만, 라이트 노벨이 캐릭터 소설이라기보다는, 캐릭터 소설을 쓰고 싶다면 라이트 노벨이 잘 맞는다고 생각합니다.

전 : 그렇군요. 재미있는 캐릭터를 만들어서 재미있게 펼쳐낸다는 거죠?

하 : 그렇죠.

전 : 현재는 라이트 노벨에도 여러 가지 장르가 있지 않습니까? 그중에서 좋아하는 장르가 있나요?

하 : 저는 일단 캐릭터는 부드럽고 귀여운 여자 주인공을 그려내고 이야기를 펼치는 게 좋습니다. 여기에 더해서 설정이 충실하고 엄격하면 더 좋고요. 그런 세계에서 캐릭터를 그려내는 게 제게는 맞는다고 생각합니다. 그게 제게는 즐거운 라이트 노벨인 거죠.

아니 단순히 즐거운 것만이 아니라, 제게는 뭔가 엄격한 규칙 같은 것의 정합성이 맞는 쪽이 안심하고 글을 쓸 수 있는 느낌입니다. 캐릭터를 마음대로 그려내기에 적합하다고 말이죠. 물론 그런 경향이 전혀 없는 분도 계시겠지만요.

전 : 쓰신 소설이 한국이나 중국에서도 나오고 있지 않습니까. 한국에서 연락을 받았을 때 어떤 기분이셨나요?

하 : 기뻤습니다. 외국의, 문화가 다른 사람들이 제 글을 읽어준다는 건 작가에게 정말로 기쁜 일이죠. 한편으로는 어떻게 읽고 있는지 궁금하긴 합니다. 그런 이야기가 별로 들어오지 않거든요. 한국 사람들이 제 책을 어떻게 보고 있다거나. 그런 감상이 없어서 조금 아쉽습니다만.

전 : 그런 걸 소개하는 것도 좋겠네요.

하 : 그렇죠. 분명히 작가라면 확실히 관심이 있을 거라고 생각합니다. 사람들이 자기 글을 어떻게 봐줄지 궁금하니까요. 애니메이션 같은 건 외국의 감상 같은 게 있잖아요. 라이트 노벨도 그런 게 있다면 정말로 보고 싶습니다.

전 : 마지막으로 한국 팬에게 인사를 부탁드립니다.

하 : 저는 한국 분들께서 읽어주신다는 것에 감사밖에는 드릴 말이 없습니다. 한국 분들이 어떻게 읽어주시는지 궁금하지만. 『원환소녀』는 끊기지 않고 마지막까지 계속 번역되어 나온다는 사실이 너무도 기쁩니다. 13권이나 되는데도 계속 나올 만큼 꾸준히 보고 있다는 이야기니까요. 그 점이 정말로 기쁩니다.

전 : 말씀 감사합니다.

하세 사토시

국내에도 소개된 하세 사토시의 『원환소녀』. 그 밖에도 여러 작품을 꾸준히 창작하고 있다.

1982년생. 대학 졸업 후 들어간 회사를 충동적으로 그만두고 전문학교를 다니던 중 25세를 앞두고 병을 앓아 위기감을 느끼며 무언가를 남기고자 작가의 길을 선택했다. 『전략거점 32098 낙원』으로 제6회 스니커 대상 금상을 수상하여 데뷔한 뒤 라이트 노벨 작가로 계속 활동해왔다. 일찍부터 SF 장르에 관심을 두었고, 작품이 여러 차례 SF 대상, 성운상 후보작에 오른 끝에, 2015년 단편집 『My Humanity』로 후지이 타이요의 『오비탈 클라우드』와 함께 제35회 SF 대상을 공동 수상했다.

주요 작품으로 『전략거점 32098 낙원』 『원환소녀』 『메탈기어 솔리드 3 : 스네이크 이터』, 단편집 『My Humanity』 등 그 밖에 다수의 중단편이 있다.

부록 2

라이트 노벨을 이해하는 데 도움이 되는 책

일본 라이트 노벨

『어떤 마술의 금서목록』, 카마치 카즈마 지음, 대원씨아이

2004년부터 현재까지 40권 가까운 작품을 내놓고 있으며, 누계 3,000만 권 가까운 판매량을 자랑하는 작품. 과학과 마법이 함께 공존하는 세계를 무대로 삼아 학원 도시라는 장소를 중심으로 주인공 일행의 영웅적 이야기를 그린 작품. 매우 보편적인 구성이지만, 완성도가 높아 대중적인 인기를 끌었다.

『역시 내 청춘 러브코메디는 잘못됐다』, 와타리 와타루 지음, 디앤씨미디어

『이 라이트 노벨이 대단해!』에서 2014년부터 2016년까지 계속 1위를 고수하는 작품. 일본만이 아니라 국내에서도 베스트셀러에 오르는 등 인기를 끌고 있다. 과거의 트라우마로 인간관계를 단절한 주인공(과 동료들)이 봉사부란 단체에 들어가 활동하면서 변화하는 이야기를 흥미롭게 그려낸 이야기. 제목과 달리 러브 코미디 요소보다는 주인공과 인물들이 성장해나가는 관점이 충실하게 그려진 작품으로, 기존의 러브 코미디 작품과 차별된 요소로 화제를 모았고 최고의 인기를 유지하고 있다.

『키노의 여행』, 시구사와 케이이치 지음, 대원씨아이

일찍이 전격문고에서 가장 인기 끈 작품 중 하나. 말하는 이륜차(모토라도)와 소녀 키노가 세계를 여행하면서 겪는 이야기를 그린 작품. 각 지역에서 겪는 비정상적일 정도로 기묘하고 잔혹한 문화가 재미를 준다. 작가 자신에 의한 패러디 『학원 키노』라는 작품도 있다.

『공의 경계』, 나스 키노코 지음, 학산문화사

신전기라는 말의 원천이 되었고, 현재 일본의 비주얼 노벨 게임 분야에서 큰 성공을 거두고 있는 타입문사의 동인 게임 『월희』와 같은 세계관을 공유하는 작품. 국내외에서 많은 성공을 거둔 소설이며, 애니메이션도 엄청난 성공을 거두며 수많은 작품에 영향을 미쳤다.

성계 시리즈, 모리오카 히로유키 지음, 대원씨아이

우주 개발을 위하여 유전자 조작으로 만들어진 아브 종족 소녀와 인간 소년을 주역으로 우주의 패권을 둘러싼 전쟁 이야기를 그린 스페이스 오페라. 독특한 국가 체제와 우주여행 기술 그리고 전쟁 설정을 흥미롭게 그려냈다. 『성계의 문장』으로 시작하여 『성계의 전기』로 연결되었으며, 단편집 『성계의 단장』이 있다.

『은하영웅전설』, 다나카 요시키 지음, 디앤씨미디어

은하제국과 자유행성동맹이라는 두 국가의 전쟁을 그린 스페이스 오페라. 우주의 삼국지를 보는 것처럼 다양한 인물과 이야기가 눈에 띄는 작품으로 게임, 애니메이션으로도 잘 알려졌다.

『로도스도 전기』, 미즈노 료 지음, 들녘

로도스라는 곳을 무대로 펼쳐지는 다양한 전쟁 이야기를 그려낸 작품. 전통적인 중세 판타지 스타일에 독자적인 색채를 잘 녹여낸 작품으로 한국 판타지 문화에도 많은 영향을 주었다.

『스즈미야 하루히의 우울』, 타니가와 나가루 지음, 대원씨아이

평범한 것을 싫어하는 여주인공 스즈미야 하루히가 우주인, 미래인, 초능력자 등을 찾아서 함께 놀기 위해 설립한 SOS단이라는 동아리를 중심으로 펼쳐지는 비일상적인 학창 생활 이야기. 사실상 세계의 운명을 좌우하는 신적 존재인 하루히를 바라보는 주인공 소년의 입장에서 다채로운 이야기가 펼쳐진다. 한국에서 라이트 노벨 사상 최초의 베스트셀러.

부기팝 시리즈, 카도노 코헤이 지음, 대원씨아이

『부기팝은 웃지 않는다』를 시작으로 하는 시리즈물. 세계의 존재를 위협하는 힘을 가진 사람들을 처단하는 부기팝이라고 불리는 사신에 얽힌 이야기. 신전기의 일종으로 여겨졌으며, 도시를 무대로 일상에 비일상이 섞이는 여러 작품에 영감을 주었다.

『풀 메탈 패닉!』, 가토 쇼우지 지음, 대원씨아이

미지의 기술을 해석하고 불러낼 수 있는 힘을 가진 소녀를 보호하고자 고등학교에 들어오게 된 용병 소년의 좌충우돌 이야기를 그려낸 작품. 어릴 때부터 전쟁터만 돌아다닌 소년의 관점에서 평범한 고교 생활 속의 소동을 그린 개그 단편과 거대한 음모와 싸움을 그린 진지한 장편으로 구성되어 인기를 끌었다. 오오쿠로 나오토에 의한 스핀오프, 『풀 메탈 패닉! 어나더』가 연재 중이다.

『슬레이어즈』, 칸자카 하지메 지음, 대원씨아이

뛰어난 마법 솜씨를 가진 소녀 리나 인버스를 주역으로 한 모험물. 여행기 형태로 각지를 돌아다니면서 온갖 판타지 설정을 패러디하여 펼쳐내는 개그 단편과 마족이라는 강대한 적과 맞서는 장편의 두 가지 구성으로, 단편은 1991년부터 시작되어 20년간 연재 출간될 만큼 인기를 끌었다. 애니메이션으로 한국 판타지 문화에도 큰 영향을 준 작품.

『마술사 오펜』, 아키타 요시노부 지음, 길찾기

마법결사 소속의 암살자였지만, 현재는 사채업자로 활동 중인 주인공 오펜의 활약상을 그린 판타지. 북유럽 신화를 바탕으로 독특한 세계관과 완성도 높은 설정을 구축하고 있는 작품. 최근 3부가 진행 중에 있다. 『슬레이어즈』처럼 개그 단편집인 『무모편』이 따로 있다.

『아르슬란 전기』, 다나카 요시키 지음, 학산문화사

중세 페르시아 왕국을 모델로 한 국가 파르스를 무대로 주인공 아르슬란 왕자와 동료들의 싸움을 그린 작품. 실제 역사적 국가를 모델로 한 나라들의 전쟁 이야기를 펼쳐내는 동시에, 페르시아 신화를 흥미롭게 녹여낸 판타지 설정이 잘 어우러져 재미를 준다. 『강철의 연금술사』 작가인 아라카와 히로무에 의해 만화로 리메이크되고 애니메이션도 다시 나왔다.

『십이국기』, 오노 후유미 지음, 조은세상

중국의 신화 세계를 기반으로 하늘의 법칙에 따라 왕과 신수인 기린이 무한한 수명의 신선이 되어 세상을 통치하는 환상계를 무대로, 행복한 나라가 어떤 것인가를 그려내는 작품. 여러 편으로 나누어 이야기가 전개되지만, 우리 세계에서 태어나 여왕이 되는 여고생 요코의 관점에서 환상계를 바라보는 이야기가 특히 눈에 띈다.

『소드 아트 온라인』, 카와하라 레키 지음, 서울문화사

개발자에 의해 체감형 온라인 게임 내에 갇히게 된 주인공의 모험. 게임 내에서 죽으면 정말로 죽어버리는 설정 속에서 벌어지는 삶의 이야기를 흥미롭게 그려낸 작품으로, 여러 편의 시리즈가 나왔고, 새롭게 리메이크되어 소개되고 있다.

『로그 호라이즌』, 토노 마마레 지음, 대원씨아이

온라인 게임 세계에 격리되어 살아가게 된 모험자들의 이야기. 전사가 아니라 다른 사람의 능력을 높여주는 인챈터라는 직업을 사용하는 주인공이 동료 그리고 게임 세계 속의 인공지능 캐릭터NPC와 협력하여 이야기를 이끌어나가면서 세계의 운명을 개척하는 이야기. 게임 시스템에 대한 이해가 높고, 주인공이 단순히 강한 존재가 아니라 이 세계의 규칙을 활용하여 다양한 개혁을 이루어내는 존재라는 설정이 인상적이다.

『알바 뛰는 마왕님!』, 와가하라 사토시 지음, 학산문화사

용사에게 패퇴하고 부하와 함께 우리 세계로 날아온 마왕의 이야기. 마력이 존재하지 않는 우리 세계에서 힘을 잃어버린 채 살아가는 마왕은 조금이라도 삶을 좋게 만들고자 패스트푸드점에서 아르바이트를 시작하고 어느새 '정직원'이라는 꿈을 꾸며 살아간다. 그런 그에게 저편에서의 자객들이 찾아오기 시작한다.

『Re:제로부터 시작하는 이세계 생활』, 나카츠키 탓페이 지음, 영상출판미디어

어느 날 판타지 세계로 날아간 주인공이 겪는 이야기를 그린 작품. 주인공은 특별한 능력이 없지만, 죽게 되면 어떤 시점으로 되돌아가게 된다. 주인공만이 아니라 주변 인물들이 참혹하게 죽어버리는 일이 적지 않은, 다크 판타지 같은 세계에서 더 나은 결과를 만들기 위하여 분투하는 주인공의 이야기가 흥미롭게 펼쳐진다.

『늑대와 향신료』, 하세쿠라 이스나 지음, 학산문화사

독립교역상인 주인공이 전설적인 늑대신의 화신과 함께 각지를 다니면서 겪는 이야기. 주인공이 상인인 만큼 전쟁이나 싸움이 아니라 경제를 중심으로 사건이 일어나고 이를 해결해나가는 과정이 재미있다.

『토라도라!』, 타케미야 유유코 지음, 학산문화사

무서운 외모로 나쁜 사람이라는 오해를 사는 주인공이 짝사랑하는 사람과 친해지기 위하여 분투하는 이야기. 짝사랑 상대의 친구가 다른 사람을 좋아한다는 사실을 알게 된 주인공은 그녀와 함께 서로의 사랑을 성취할 수 있도록 돕기로 한다. 하지만 그 친구는 학교에서도 유명한 괴짜였는데….

『인류는 쇠퇴했습니다』, 다나카 로미오 지음, 서울문화사

어째서인지 인류가 쇠퇴하고 요정들과 함께 살아가는 세상의 이야기. 붕괴된 문명의 세계 속에서 동화처럼 펼쳐지는 삶의 이야기를 통해 인간과 그 생활에 대해 여러 가지를 생각하게 하는 힘을 갖고 있다.

『던전에서 만남을 추구하면 안 되는 걸까』, 오모리 후지노 지음, 소미미디어

신들이 종자(패밀리어)와 계약을 맺고 용사로서의 힘을 부여하는 세계에서 동경하는 영웅의 길을 걸어가는 소년의 모험담. 재능이 없다고 여겨진 소년이 동경과 도전으로 점차 성장해나가는, 영웅 성장극을 충실하게 구현한 작품으로 경험치나 레벨이라는 독특한 설정은 게임과 비슷한 면이 있다. 소년이 동경하는 여성 모험가를 주역으로 한 외전 시리즈도 있다.

『이리야의 하늘, UFO의 여름』, 아키야마 미즈히토 지음, 대원씨아이

결전병기의 힘을 가진 소녀를 만나는 소년의 이야기라는 점에서 전형적인 '소년이 소녀를 만나는 이야기'이지만, 점차 상처 입어가는 소녀를 보다 못한 소년이 소녀와 함께 도망치면서 벌어지는 사건들이 극명한 현실감으로 안타까움을 주는 작품. 단 4권이지만, 역대 라이트 노벨 중 최고의 작품으로 손꼽히며 지금도 꾸준히 인기를 누리고 있다.

『듀라라라!!』, 나리타 료우고 지음, 대원씨아이

일상적인 도시의 공간 속에, 비일상이 넘쳐나는 이케부쿠로를 무대로 그들의 일상을 그려나간 작품. 최초로 머리가 없는 여주인공이 등장하는 등 상당히 충격적인 설정이 많고 초현실적인 성격과 특성의 인물들이 날뛰는 가운데에서도 하루하루가 평범하게 지나가는 설정이 굉장히 눈에 띈다. 몇 번에 걸쳐서 만화, 애니메이션이 다시 만들어질 정도로 꾸준한 화제를 모으고 있는 '튀는 이야기'.

『내 여동생이 이렇게 귀여울 리가 없어』, 후시미 츠카사 지음, 대원씨아이

모델 활동을 하는 데다 무엇이든 잘하는 여동생을 가진 주인공이 탐탁지 않게 생각하면서도 여동생의 오타쿠 활동을 도와주면서 인간관계를 넓혀나가는 이야기. 갑작스럽고 비정상적인 느낌의 결말로 비판받았지만, 오타쿠 문화를 긍정적인 시선으로 바라보면서 인간관계를 엮어나가는 전개는 많은 이에게 환영받았다.

『도시락 전쟁』, 아사우라 지음, 학산문화사

편의점에서 반값 도시락을 둘러싸고 벌어지는 전쟁(?)을 그려낸 이야기. 지극히 평범한 무대, 지극히 평범한 소재를 바탕으로 진지하게 풀어낸 개그물. 도시락 하나를 위해서 온갖 폭력이 펼쳐진다는 점이 매우 바보 같은 느낌이 들며, 그만큼 호불호가 갈리는 작품이지만, 그만큼 독특한 느낌을 준다.

『오버로드』, 마루야마 쿠가네 지음, 영상출판미디어

온라인 게임 세계가 통째로 판타지 세계로 넘어간 상황에서 사실상 마왕의 자리에 군림하는 주인공의 이야기를 그린 작품. 주인공이 용사나 모험가가 아니라 던전의 지배자이자 '언데드'로서(때로는 위장 신분의 모험가로도) 활약하는 것이 인상적인 작품. 주인공이 이 세계를 게임 세계의 감각으로 인식하며 악인으로서 군림하는 것도 기존의 전이물에서는 쉽게 보기 어려운 전개로, 큰 인기를 끌었다.

한국 라이트 노벨

『초인동맹에 어서 오세요』, 반재원 지음, 시드노벨, 2007

한국 라이트 노벨 시드노벨 창간작 중 하나. 초인(슈퍼히어로)이 연예인처럼 활동하는 독특한 세계관을 바탕으로 호쾌한 초인 액션을 선보인 작품. 국내 TRPG 회사인 초여명을 통해 TRPG 룰북으로도 제작되었다.

『미얄의 추천』, 오트슨 지음, 시드노벨, 2007

시드노벨 창간작 3작품 중 하나. 대학생 민오가 꿈에서 보았던 신비한 소녀 미얄과 만나 겪게 되는 기괴하고도 기묘한 이야기를 다루었다. 한국 라이트 노벨 중 가장 독특한 분위기를 가진 작품 중 하나로 평가받고 있다.

『꼬리를 찾아줘!』, 강명운 지음, 시드노벨, 2008

잃어버린 꼬리를 찾으러온 구미호 소녀 월화와 그녀를 떠나보낼 수 없기에 강제수절을 강요받는 고등학생 영민의 러브코미디 소설. 한국 라이트 노벨 중 러브코미디 계열의 기본구조와 그 활용안을 정리한 작품.

『나와 호랑이님』, 카넬 지음, 시드노벨, 2009

한국인이라면 거의 누구나 알고 있을 이야기인 단군신화를 비틀어 현대 러브코미디로 만들어낸 작품. 시드노벨 공모전 특별

입선작이자 역대 한국 라이트 노벨 사상 최고 히트작. 한국 라이트 노벨 중 러브코미디 계열을 집대성하여 이후로 나오는 한국 작품들에 지대한 영향을 끼쳤다. 만화와 모바일 게임으로도 제작되어 판매되고 있다.

『개와 공주』, NZ 지음, 시드노벨, 2010

일본의 『봉래학원』 시리즈와 같은 거대학원물(도시나 국가처럼 거대한 규모를 가진 학교를 무대로 하는 이야기). 대한제국이 2차의 승전국이라는 가상역사를 바탕으로 하고 있다.

『숨덕부!』, 오버정우기 지음, 시드노벨, 2012

일반인인 척하는 숨덕(숨은 덕후)이던 고등학생 강인진이 이 비밀을 알아차린 소녀 서연지에 의해 강제로 비밀동아리 숨덕부를 만들어 활동하게 되면서 벌어지는 학원일상러브코미디물. 일명 오타쿠(덕후)라 불리는 서브컬처 마니아 독자들에게 많은 공감을 받았다.

『나와 그녀와 그녀와 그녀의 건전하지 못한 관계』, 최지인 지음, 시드노벨, 2012

라이트 노벨 유명 리뷰어이자 블로거였던 경력을 가진 최지인 작가의 작품. 머릿속엔 오직 공부생각뿐이라 이성과는 전혀 인연이 없었던 고등학생 안경현이 교통사고 후 기억을 잃자, 난데없이 동급생과 아르바이트하는 가게 후배, 피가 섞이지 않았다고 주장하는 여동생이 서로 자신이 안경현의 애인이라고 주장하는 아수라장의 이야기를 그렸다.

『소심한 복수 사무소』, 류은가람 지음, 시드노벨, 2013

고등학생 때 시드노벨 공모전에 당선되어 라이트 노벨 작가가 된 류은가람 작가의 청춘소설. 사소하고도 쪼잔한 원한을 가진 사람들의 복수를 대신해주는 어둠의 사무소라는 다소 황당하지만 유쾌한 소재를 기반으로 작가 특유의 독특한 감성과 감각이 녹아 있다.

『몬스☆패닉 NG』, NEOTYPE 지음, 노블엔진, 2012

제2회 노블엔진 공모전 대상 수상작. 요괴들이 실재하는 섬 신천도에 교환학생으로 오게 된 소년 신유신의 이야기.

『신의 게임의 신』, 토돌 지음, 아크노벨, 2015

한국 라이트 노벨 작가 중 가장 많은 작품을 낸 다작 작가군에 속하는 베테랑 작가 토돌의 작품. 현대를 무대로 세상의 이면에서 세계를 지배하는 힘을 두고 벌이는 거대한 비밀게임에 도전하게 된 천재 프로게이머의 이야기. 단행본 출간 후 전자책으로 선보이던 기존의 방식을 탈피하여 단행본 출간보다 먼저 웹소설로 연재된 작품으로 레진코믹스 소설란에 제일 먼저 연재되었다.

웹소설 작가를 위한 장르 가이드 8

라이트 노벨

2017년 1월 3일 1판 1쇄 인쇄
2017년 1월 13일 1판 1쇄 발행

지은이 전홍식 이도경
펴낸이 한기호
펴낸곳 북바이북
출판등록 2009년 5월 12일 제313-2009-100호
주소 121-839 서울시 마포구 서교동 484-1 삼성빌딩 A동 2층
전화 02-336-5675 팩스 02-337-5347
이메일 kpm@kpm21.co.kr
홈페이지 www.kpm21.co.kr

ISBN 979-11-85400-50-1 04800
979-11-85400-19-8 (세트)

북바이북은 한국출판마케팅연구소의 임프린트입니다.
책값은 뒤표지에 있습니다.